AF099178

Le rêve du luthier

Le rêve du luthier

Bodo Vosshenrich

© 2020, Bodo Vosshenrich

Édition : BoD – Books on Demand
12/14 rond-point des Champs-Élysées, 75008 Paris
Impression : BoD - Books on Demand, Norderstedt, Allemagne

ISBN 9782322252787

Dépôt légal : décembre 2020

Introduction

Ce livre est une auto-fiction qui mélange éhontément - et même gaiement - le vrai du faux, le vécu et le rêve, la réalité imaginée et les songes authentiques. Toute ressemblance avec des personnes réellement existantes n'est point une coïncidence, ce qui me permet en même temps d'affirmer que toute concordance exacte avec ces personnes est parfaitement impossible. Pour respecter l'intimité de ces fausses vraies personnes, j'ai changé les noms et brouillé le caractère et le passé des protagonistes. Permettez-moi de procéder aux remerciements avant le texte, et non pas après, où plus personne ne les lit.

Pourquoi reléguer des personnes aussi essentielles à la genèse d'un livre aux derniers recoins des dernières pages ? Alors que dans le cas présent, deux d'entre sont essentielles à l'intrigue. D'autres, d'une grande importance, mais invisibles à la lecture, sont cachées dans les replis du texte. Mes premiers remerciements vont donc à Vahine et à Kati (V*** et K*** de leurs vrais noms) d'avoir inspiré les deux protagonistes féminins.

Je remercie Cathy, Véro, Nathalie et Juliette pour leur lecture appliqué et leurs corrections, Lydia pour sa lecture et ses critiques bien senties et Mathias pour sa lecture et ses encouragements. En tant que muses inspiratrices, ma gratitude va encore à Cathy, puis à Pascale, et encore, surtout et toujours à Nathalie, bien qu'il serait folie de lui dédier ce qui suit, pour des raisons qui m'appartiennent. Si ce livre vous plaît, ayez une petite pensée pour elles, elles la méritent amplement (lui aussi).

Sans les remercier, je voudrais mentionner M., l'ex pénible, M.-F., la belle mère folle-furieuse, et H., le beau-fils invivable, qui par leurs efforts conjoints ont mis un terme à mon ancienne vie de père de famille recomposée, me permettant ainsi de retrouver ma liberté, l'inspiration et la tranquillité nécessaires à la rédaction de ces pages.

Prologue

De quoi rêvez-vous ?

Moi, je rêve de m'envoyer en l'air avec deux nanas, et puis de crever au comble du bonheur. Non, pas foudroyé en plein orgasme, je parle bien de bonheur, et non pas de jouissance. Il faut lire attentivement et arrêter de ressasser des idées convenues !
Ma démarche s'inscrit plus dans une recherche d'exaucement dans la mort, que dans une provocation d'accident cardio-vasculaire. Il faut penser aux guerriers Vikings, en quête de l'accomplissement de leur destinée dans un bain de sang, avec la table d'Odin au Walhalla en terminus du voyage. Moi, c'est un bain dans le stupre que je recherche, pour ensuite faire emboiter le pas de la petite mort à la grande, en route pour le néant.

Et puis, quoi de mal à cela ?
J'ai roulé ma bosse, j'ai quarante ans passés, j'entame la pente descendante. J'ai fait du bien et du mal dans ma vie, j'ai créé, j'ai procréé, j'ai réussi quelques entreprises, en ai foiré d'autres, commis un tas d'erreurs, n'ai pas l'impression d'en avoir appris grand chose. Probablement trop médiocre pour mériter de vrais amis ainsi que de vrais ennemis, je me suis attaché à un entourage changeant, instable. Circonstanciel, on va dire. Professionnellement comme relationnellement, j'ai fêté des victoires et encaissé des défaites, le tableau est loin d'être tout

noir. Dans l'ensemble, je me dirais même plutôt vainqueur que vaincu. Moins de mon propre fait que grâce à la chance qui m'a souri avec insolence ; surtout celle de faire des rencontres opportunes aux moments propices.

Mais le sort s'est acharné contre moi quand il s'agissait de réussir en couple. Enfin, le sort… Mon caractère, plutôt. Exigeant et peu empathique, voilà une combinaison aussi tue-l'amour que des chaussettes sous la couette.

Ces femmes que j'avais rendues heureuses dans un premier temps, je les ai agacées et déçues en définitive. Il se peut même que tout compte fait, j'ai davantage répandu de malheur que de bonheur autour de moi. Et je sens que la tendance ne va pas s'inverser en vieillissant.

Bref. J'ai vécu.

La relève est prête, j'ai même réussi à mettre ma progéniture à l'abri, matériellement parlant. En ce qui concerne la richesse intérieure, c'est leur job, je leur souhaite bonne chance. Je ne suis pas à la hauteur pour leur apporter une aide précieuse. A me battre contre Marvel, Amazon et Coca-Cola, je n'ai pas l'impression de pouvoir l'emporter.

Alors si je ne suis pas foutu de servir de guide et de repère à mes enfants, qu'est-ce qui m'attend encore de si formidable, sur la pente descendante ? A quoi bon vivre encore et encore ? Pour foirer une ou deux relations de plus ? Faire semblant ? Sacrifier au productivisme ? Payer des impôts ? Amuser la galerie ? Partir en vacances pour me fuir moi-même ? Perdre amis (circonstanciels, donc) et proches, par vieillesse et maladie, par rupture ?

Pour voir grandir mes gosses, peut-être, à défaut de les éduquer comme je voudrais ?

Faites-moi rire, je les « vois grandir » un week-end sur deux. Cette information est en elle-même assez révélatrice du père que je suis - médiocre, au mieux. La paternité ne fait définitivement pas partie des réussites de ma vie.

Ne me comprenez pas mal.

Je vais bien, techniquement parlant. Je ne suis pas dépressif. Je suis en bonne santé, je ne croule pas sous les dettes, personne ne veut ma peau. Mais j'en arrive à un point où je préférerais vivre une chose d'une intensité telle qu'il serait impossible de la dépasser, ou seulement de l'égaler. Le Nirvana de mon vivant, ni plus ni moins.

Et puis plus rien.

Plutôt ça que d'enfiler des journées fades et sans saveur, des années tièdes et médiocres, comme des perles sans lustre sur un fil. Abstraction faite de l'instinct de survie, le choix est facile, en fait. Abstraction faite.

Alors pourquoi ce rêve, très convenu par ailleurs, de m'envoyer en l'air avec deux filles ?

Moi qui n'ai jamais été un queutard, une sex-machine ? Je n'ai même jamais été capable de passer ne serait-ce qu'une demi-journée au lit avec une amante. Par manque de patience, manque d'empathie, encore ? Plutôt adepte de la branlette, je considère depuis longtemps le sexe comme un luxe plus que comme une nécessité.

Et pourtant, il y a un détail, qui élève ce rêve au dessus du vulgaire fantasme charnel, et qui rend sa concrétisation si désirable, si épique et absolue à mes yeux.

Il s'agit d'un détail de taille, un défaut par dessus le marché, qui m'a empêché dans des moments cruciaux de ma vie de prendre des décisions judicieuses, voire de vivre cette vie sereinement : je suis un grand romantique refoulé, incapable de faire l'amour sans l'amour, de coucher avec une fille que je n'aime pas, ou de ne pas aimer une fille avec qui je couche. Il y a une connexion directe et indélébile entre ma tête, mon cœur, et ma queue. Trop entier, le garçon. J'ai couché et aimé à tort et à travers, jusqu'à confondre tirer des coups et vivre des relations. Mais ce n'est pas le propos de ce récit - bien que cela en soit peut-être l'origine.

N'empêche, c'est grâce à ce défaut que l'accomplissement de mon rêve revêt une dimension qui dépasse de très loin la satisfaction de la chair. Car je me consumerai d'Amour ! De cette harmonie suave, cette euphorie langoureuse. De ce sentiment au fond indescriptible de vouloir se fondre dans l'autre, de s'immerger dans le bonheur tel un fétus dans l'utérus. De s'abîmer dans l'être même de l'aimée, de la dévorer du regard amoureux, de l'absorber de tous les sens, de pleurer de bonheur de la sentir tout près, le souffle coupé de soupirs, le cœur syncopé, et cette boule chaude et douce dans le ventre.

Vous connaissez cela ? Vous l'avez connu, peut-être, il y a longtemps, n'est-ce pas ? Vous en souvenez-vous ? Qu'avez vous vécu de semblable ? Rien.

Et maintenant, imaginez la même chose - mais fois deux, deux fois plus grand, deux fois plus intense, deux femmes, deux amours.

Bien sûr qu'il serait d'autant plus compliqué de sortir par la suite d'une telle configuration sentimentale par le haut, sans faire de malheureuses, de jalouses, sans briser de cœurs (j'ai atteint le quota, merci).

Raison de plus de ne surtout pas s'installer dans un tel ménage à trois et de prendre plutôt la sortie de secours avant la fin du spectacle.

-1-

Mon rêve, ce n'est pas un vague fantasme. Non, c'est très précis - à vrai dire, j'ai tout prévu.
Les deux filles qui me guideront sur le chemin du Nirvana, mon cœur les a déjà élues.
Je les aime. Déjà.
Ce sont deux jeunes femmes splendides, l'une blonde, l'autre brune, des violonistes, des clientes à moi.
La blonde, Kati, est une jeune trentenaire qui a comme principale caractéristique de ne pas avoir l'air tout à fait chez elle sur cette planète. Elle est un peu en suspension dans la réalité, pas complètement paumée, mais pas à sa place pour autant. Ça lui donne un charme fou ! Un peu comme un ange échoué sur terre par accident.
Mince, assez grande, le regard mélancolique, une jolie allure, un soupçon de maladresse, elle m'a fait l'autre jour le plaisir de revenir à l'atelier en mini-short, pour emprunter un archet. Elle en a des jolies jambes - fines, sculptées, bronzées avec une peau immaculée qui ne demande qu'à être touchée, caressée, embrassée ! Jambes au bout desquelles il y avaient des chaussures de randonnée. Quand la féminité est tellement évidente qu'elle n'a même pas besoin de se mettre en avant…
En fait, je ne connais pas Kati, mais j'en suis tombé amoureux le jour où elle à mis les pieds dans mon atelier, à la recherche d'un violon. Depuis, dans mon

imagination, je lui ai inventé toute une personnalité, surtout érotique, une façon d'être, d'aimer, de jouir.
Je la rêve douce, câline, peut-être un peu timide, mais de bonne volonté, curieuse, et généreuse dans le plaisir.

La brune, Vahine, est un peu plus jeune, la fin de la vingtaine. A bien des égards, elle est le contraire, ou plutôt le complément, de Kati. L'une charme par son être diaphane, l'autre se meut dans la réalité avec une assurance qui frôle l'insolence, avec une classe toute naturelle et évidente. Bien qu'elle soit habituellement fauchée, on dirait une reine.
En sandales, jupe aérienne et débardeur simple, Vahine non plus ne met en avant une féminité exacerbée. Elle n'en a pas besoin. Ses longs cheveux auburn qui lui tombent sur les hanches, son pas élastique et son sourire engageant, relèguent décolletés plongeants, talons aiguilles et autres subterfuges de séductrice au rang d'accessoires de foire. Vahine fait partie de ces femmes qui de toute façon vous font oublier toute notion de décolleté une fois qu'elle plongent leur regard dans le vôtre.
Dans les ébats amoureux, aucun besoin de conjecturer, je sais à quoi m'attendre. Nous partageons le lit depuis quelques jours. Elle s'y montre espiègle, taquine, jouisseuse et infatigable.
Kati et Vahine, la blonde et la brune. L'ange perdu et la reine sans royaume. La lune et le soleil.
L'une grunge, l'autre tzigane. Des diamants bruts. Ça me va à merveille, moi non plus, je ne suis pas un brillant poli. De toute façon, les filles apprêtées ne

me plaisent pas ; elles, les bimbos, les femelles de luxe, les fashionistas vénales, bref, les pétasses, ne me calculent pas, comme ça l'affaire est réglée. Pour des histoires mettant en scène des femmes fatales, aguicheuses, à la poitrine abondante, maquillées, et saucissonnées dans des fringues moulantes, veuillez vous référer à la littérature érotique conventionnelle.

Car Kati et Vahnie, ce sont des jeunes femmes au naturel, sans artifice, d'une beauté et d'un charme irrésistibles. La jeunesse, mais qui présage déjà la maturité. Des femmes à mon goût. Je les connais à peine, mais j'en suis déjà tellement amoureux, elles emplissent mon esprit et mon imagination du matin au soir.

Voudraient-elles seulement d'un homme comme moi, dont la maturité commence à bien prendre le relais sur la jeunesse - bien que physiquement, je tienne encore la route, merci les gênes, merci le sport. Juste ces rides d'expression qui creusent d'année en année des sillons dans mon visage, trahissent ma quarantaine - mais à ce que l'on prétend, chez les hommes cela ne serait pas un défaut. Je préfère donc mon visage d'aujourd'hui à mon visage lisse et un peu quelconque de jeune homme. D'autant plus qu'en-dessous, ça se présente de façon plutôt appétissante : deux décennies de pratique de vélo et mon métier par moments assez physique m'ont sculpté un corps sec, mince mais puissant, des tablettes de chocolat-à-volonté, un dos en V et des pectoraux qui se voient plus qu'ils ne se devinent sous des vêtements un tantinet ajustés. Mes mains sont larges et puissantes, au longs doigts charnus. Taille de gant : XXL.

Ça fait l'unanimité chez les filles. Et j'ai une belle bite. Faut appeler un chat un chat. Ça vous choque ? Je vous recommande alors d'interrompre ici la lecture de ce livre !

Pour la grande occasion à venir, je me suis débarrassé de la plupart des poils qui couvrent abondamment tout mon corps, ne laissant qu'une toison assagie sur ventre et poitrine. Autant éviter les cheveux sur la langue…

******

Dans mon rêve, oui, absolument, Kati et Vahine veulent de moi. Je tente le destin, mais à l'instar de mon épilation, je lui ai bien préparé la route.

J'ai commencé par séduire Vahine. Ce fut un travail de longue haleine, qui avait par ailleurs contribué à détruire mon précédent couple. Mais c'est une autre histoire.

Suite à notre rencontre hivernale sur un salon de lutherie, je lui avais fait du rentre-dedans par écrit, en y mettant les formes, envolées lyriques et tout. Je n'avais pas fait dans la dentelle, voici mes déclarations de foudroyé :

« Chère Vahine !

Cela fait une semaine que nos routes se sont croisées. Depuis, j'ai du mal à continuer la mienne, je passe mon temps à me retourner vers cette intersection miraculeuse à Chartres.

Ce jour-là, où mon cœur s'est abîmé dans tes yeux. Déjà que ta découverte au bal du samedi soir m'a décontenancé, ta rencontre le lendemain m'a électrisé et ce bref regard a fini par complètement me chambouler.

Avec ton œil droit à la pupille qui semble s'écouler, comme un petit défaut de fabrication d'une réplicante par ailleurs parfaite, qu'on aurait mis sur mon chemin pour tester mes résistances. [c'était juste après la sortie de Bladerunner 2]

Même si c'était ce que tu es, même si je me rendais compte de la supercherie - le test, je l'ai loupé haut la main. Tes phéromones ont du prendre mes récepteurs d'assaut. Anéantissement de toute résistance et capitulation totale.

Me voilà donc rentré chez moi, et tu continues à faire des tours sur un petit vélo dans ma tête.

Oui, je sais, il ne faut pas mélanger le cœur et le business - règle certainement édictée par des crétins estimant que le business serait plus important que le cœur, et que des histoires sentimentales pourraient faire foirer de juteuses affaires. Si c'est ce qui doit se passer, je n'en ai cure.

Ce qui est bien pire, c'est que tout cela, en vue de ma situation personnelle, est hautement déraisonnable.

En même temps, existe-t-il une meilleure raison que celle commandée par nos instincts ?

A bien regarder la vie autour de nous, est-ce que la raison tout court semble y avoir une quelconque importance ?

Je n'ai évidemment aucune idée de comment tu vas réagir à cette lettre. Il me semble aussi avoir senti ton trouble lors de notre rencontre, j'ai eu l'impression que l'arc électrique a fait un aller-retour lors de ce trop bref regard les yeux dans les yeux. Mais ce ne sont peut-être que les fabulations d'un luthier fragilisé...
Toujours est-il que j'ai envie, et que j'ai peur, de mieux te connaître.
Me voilà bien habillé pour le printemps. »

La graine était semée. Je l'arrosais par l'échange de quelques SMS, la nourrissais, au bout de trois mois, de retrouvailles dans mon atelier puis d'une invitation au Japonais, qui avait occasionné les premières timides percées de bourgeons sur le terreau des premiers sushis de sa vie.
Les fleurs éclosaient quelques cinq mois plus tard lors de son retour dans mon atelier au bout d'un long séjour au Brésil. Cela s'est passé très naturellement - sachant que je la désirais, elle n'avait qu'à claquer des doigts, et j'étais à ses pieds. Après quelques tractations professionnelles comme alibi, nous avions vite échoué l'un dans les bras de l'autre, l'un dans la bouche de l'autre, l'un dans l'intimité de l'autre. Vahine a tout de suite pris ses aises dans mon lit, elle semblait s'y sentir à sa place.
Après son périple, elle s'est donc pour l'instant installée chez moi. Notre relation est autant charnelle qu'intellectuelle, harmonieuse, gaie. Nous nous ré-

veillons chaque matin côte à côte avec un plaisir toujours renouvelé, et souvent nos caresses de bonjour dégénèrent en câlin matinal. Nous sommes, de fait, amoureux l'un de l'autre.

Mais cela ne me suffit pas. Si elle ne me laisse pas tomber pour quelqu'un de mieux, de plus jeune, ou les deux, elle finira par vouloir un enfant, se transformera d'amante en mère, la routine s'installera... je sais comment ça se termine. J'ai donné.

Et puis, j'ai mon plan, ce plan qui ne prévoit pas l'apparition, mais la disparition d'une vie.

Je ne demande pas de vivre de son amour, je demande d'en mourir. Ce qu'elle ignore, évidemment.

Avec Kati, c'est une autre histoire. Pas de lettre enflammée pour elle, juste des histoires qui se sont jouées à huis clos dans mon imaginaire. Elle ne se doute de rien, à moins d'avoir réussi à interpréter mes timides oeillades lors de nos précédentes entrevues, ce qui est peu probable.

Aujourd'hui, elle vient à l'atelier me rendre le violon qu'elle avait emprunté, en essayer d'autres. Vahine aussi là, elle adore m'observer travailler. Moi aussi, j'adore. Mais j'observe autre chose. Vahine la reine tzigane, qui avec son sourire de conquérante en roulotte, prend d'assaut Kati l'ange, qui est immédiatement sous le charme. Après des présentations et quelques anecdotes, elles se mettent à essayer des violons comme des copines de toujours essaieraient des fringues dans un magasin de prêt-à-porter; quel homme pourrait rester insensible au pouvoir évocateur de cette intimité féminine de cabine d'essayage ? Dans une cabine d'essayage, c'est la peau qui est mise à nu, mais lorsque deux violonistes essaient des instruments, ce sont leurs sensibilités qui se mettent à nu. Elles discutent, jouent, s'écoutent, critiquent, apprécient, échangent des violons et des sourires complices. Rapidement, comme à son habitude, Vahine devient tactile. Kati semble apprécier. Voyant qu'elles se plaisent, j'interviens au minimum, me contentant de regarder du coin de l'œil depuis mon établi, où je fais semblant de me concentrer sur l'ajustement d'un chevalet. Mais je n'en perds pas une miette. Il y a de la complicité, et là dans mon rêve, il y a autre chose aussi, une certaine tension, un émoi. Le pouvoir de la beauté s'exerce de plein droit, le charme fait son oeuvre.

Profitant d'un petit hiatus dans leurs échanges, je me lève, m'approche d'elles. Non pas pour faire le point sur les essais en cours, mais pour enlacer Vahine par derrière, souffler un baiser dans son cou, puis embrasser sa bouche quand elle tourne sa tête vers moi. Je la sens troublée, mais pas gênée. Qui saurait mieux qu'elle que le plaisir est dans le partage ? Vite, sa langue trouve ma bouche entre-ouverte et commence à l'explorer tel un chat curieux. En l'embrassant, par dessus son épaule, je regarde Kati droit dans ses yeux bleus.
Comment réagit-elle ? Troublée aussi, sans aucun doute, elle a le sang qui lui monte aux joues, elle tente de détourner son regard sans y parvenir. Que se passe-t-il dans sa tête - et plus bas ? Est-ce un fantasme qui prend forme sous son regard ? Est-ce

qu'elle est piquée par un instinct viscéral de jalousie ? Est-ce qu'elle se sent prise au piège, tétanisée ? Elle a l'air plus perdu que jamais, alors je prends mon courage à deux mains pour lui indiquer la voie. Je lâche Vahine pour m'approcher de Kati et lui enlever le violon qu'elle tient toujours dans des mains fébriles, je lui attrape les mains pour les poser sur les seins de Vahine, tout en l'enlaçant par derrière à son tour et en caressant sa nuque de mon visage, mal rasé comme d'habitude, humant son odeur délicieuse de femme, de peau et de chaleur. Je n'en reviens pas d'avoir un culot pareil. Mais ceci est mon rêve, et tout y est possible. Y compris que Vahine embrasse goulûment la bouche de Kati, qui commence à se liquéfier dans mes bras.

Kati semble s'abandonner à son sort de bonne grâce. Mon visage s'invite entre les leurs, et nous nous livrons à un combat d'escrime à trois disputé à coups de langues, tandis que six mains explorent les contours de trois corps et les grains de trois peaux qui montent en température.

Au bout de longues minutes, je m'extrais de notre triple étreinte pour fermer l'atelier à clé et tirer les rideaux. Fini pour aujourd'hui, le travail. Passons aux choses sérieuses.

Quand je me retourne, je les vois toutes deux me regarder d'un sourire provocateur et Vahine susurre : « Maintenant, il va falloir assurer. »

Ceci étant un rêve et non pas un cauchemar, une défaillance de ma part est hors de question. Je soulève donc le corps en surchauffe de Kati qui se cramponne à moi des bras et des jambes, et la couche sur

le canapé au fond de l'atelier. Vahine s'affaire à lui enlever son tee-shirt et à dégrafer son soutien-gorge, tandis que je délace ses bottes pour découvrir une magnifique paire de pieds à la peau douce et aux orteils longs et souples qui se tendent vers mon entrejambe pour attraper ma queue à travers mon short et à jouer avec, tandis que je m'emploie à couvrir son ventre musclé de baisers tout en m'affairant de mes mains excitées sur la boutonnière de son jean. Je frétille d'anticipation de découvrir son entrecuisse, mais je vais faire durer le plaisir et lui laisse son tout dernier petit bout de coton pour l'instant. Vahine est en train de dessiner du bout de sa langue une oeuvre abstraite sur les seins, le cou et les épaules de Kati. Il fait une chaleur tropicale, et notre état n'aidant pas, nous ne tenons plus dans nos fringues. D'un geste expéditif, Vahine se débarrasse de sa robe d'été et balance nonchalamment culotte et soutif dans mon stock de bois de lutherie. La voilà dans toute sa splendeur féminine, non pas Eve, mais Vénus, sa peau pâle luisante de transpiration, avec le ruban coloré tressé dans ses cheveux pour tout habit. Mon short et mon tee-shirt atterrissent non loin de là entre quelques futures volutes de violon dans le stock de bois, tandis que je laisse le déballage de ma queue à Kati, tout comme je me réserve son effeuillage final.
Vahine s'assoit sur l'accoudoir derrière la tête de Kati, une jambe sur le dossier du canapé et l'autre sur mon épaule, et pendant que je frotte mon sexe enthousiaste contre celui de Kati, je sonne l'assaut sur les parties de Vahine à grands coups de langue depuis l'anus jusqu'au pubis, offrant un close-up

classé XXX à Kati. Elle n'en peut plus, la pauvre, elle commence à pousser de petits bruits peu articulés puis arrache mon caleçon et le pousse sur mes pieds avec les siens. Vahine se retourne et descend de l'accoudoir, elle s'accroupit sur le torse de Kati et se met à masser ses seins avec sa chatte en décrivant des cercles de son bassin ; lubrifié par sa mouille et la transpiration, la peau de Kati se met à luire tandis que ses tétons durs disparaissent et apparaissent sous les mouvement du cul de Vahine. Agenouillé devant le canapé, mes mains étant occupées à pétrir les fesses de Kati tout en la soulevant ; avec les dents, je descends son string qui finit emmêlé à mon caleçon gisant devant le canapé. Je découvre alors son mont de Vénus rebondi, ses petites lèvres discrètes et repliées, son pubis au poil peu abondant, avec une odeur musquée et épicée. On pourrait remarquer qu'elle, l'introvertie, a un sexe à son image, tandis que celui de Vahine est extraverti, avec ses lèvres charnues et colorées, rasé de près à l'exception d'un pubis en forme de « V » dont émane une odeur douce et vanillée.

Voilà une des rares raisons qui pourraient me faire revenir sur ma décision d'en finir - la découverte des cons de ce monde, avec leurs variations de formes, de textures, de couleurs et d'odeurs infinies. Tout un univers à découvrir, à explorer, à doigter, à goûter, à baiser. Le merveilleux monde des vagins. A ce propos, serait-ce possible que ce soient les vulves les plus discrètes qui aient les odeurs les plus fortes, la flore vaginale pullulant dans les replis bien au chaud, tandis que les chattes aux lèvres généreuses et bien aérées au dehors auraient des odeurs plus douces ? Voilà une énigme que je n'aurai pas résolu de mon vivant, manque d'échantillons à étudier.

Quoi qu'il en soit, les deux magnifiques exemplaires que voici, offerts devant moi, me comblent allègrement. En fin de compte, l'apothéose à laquelle j'aspire est plus d'ordre sentimental que charnel, donc le fait de me consumer d'amour et de désir pour ces deux filles vaut bien toutes les parties intimes que je ne découvrirai jamais. Ces réflexions en tête, je colle ma bouche sur le sexe languissant de Kati. C'est la première fois que je fais un cunnilingus avec encore le goût d'une autre femme sur la langue, et tout ce que je peux dire, c'est que c'est de la haute gastronomie.

Dans l'absolu, les lèvres charnues, c'est tout de même plus gratifiant pour la bouche que les fentes discrètes. Avec tout ce qu'il y a à y attraper, à sucer, à mordiller, impossible de s'ennuyer. Avec les petites vulves, il faut faire preuve de plus d'inventivité pour que tout le monde y trouve son compte. Qu'à cela ne tienne ! D'autant plus qu'au-delà de mon bout de nez mouillé, je vois non seulement le ventre sculptural de Kati, mais aussi le cul rond de Vahine, qui se fait maintenant à son tour lécher le con par Kati. J'en viens à me demander si pour ces deux-là, c'est la première expérience saphique.

Avec deux doigts, j'attrape Vahine par la chatte, tandis que Kati m'attire vers elle pour que je la pénètre, enfin.

La littérature érotique a d'indéniables avantages par rapport aux œuvres audiovisuelles érotiques ou pornographiques. Non seulement a-t-elle un pouvoir évocateur bien supérieur en faisant appel à l'imagination, mais qui plus est, permet-elle d'outrepasser les règles physiologiques et de rendre possible certaines positions, gestes, enchaînements, caresses et baisers qui ne le seraient jamais avec des acteurs en chair et en os, qu'importe leur expertise et souplesse. D'autant plus qu'il s'agit d'un rêve. Les amants sous la plume deviennent ainsi des personnages surréalistes, voir cubistes, à qui tout est permis dans le but d'atteindre la jouissance. Si certaines des choses que vous lisez ici sur nos ébats vous semblent improbables, c'est qu'il faut pousser plus loin votre imagination.

Voilà donc Kati sur le dos, jambes écartées et pieds en l'air, et Vahine couchée sur elle lui faisant face, son cul tendu vers moi à hauteur de la vulve de Kati. Deux chattes l'une au-dessus de l'autre. Le fantasme d'une vie se réalise. C'est encore mieux dans la réalité de mon rêve que dans le rêve de ma réalité. Je suis aussi ému que je suis chaud. Là, tout de suite, je ne veux pas les pénétrer ; cela m'empêcherait de voir ce spectacle sublime.
Alors je m'approche, et je lèche et je suce comme un assoiffé, je recule pour mieux voir, puis je recommence, tandis que ma main droite tente d'empêcher ma bite d'exploser, littéralement. Quel mal à faire durer le plaisir ? A force de vénérer ces deux fruits fendus de l'œil et de la bouche, une grosse goutte

transparente et visqueuse s'est accumulée sur mon gland. Je mélange ce jus aux fluides qui baignent les deux cons devant moi, empoigne ma verge et étale nos liquides respectifs sur leurs parties intimes, me servant de ma bite comme d'un pinceau, jusqu'à ce que tout, depuis leurs raies jusqu'aux pubis luise dans la lumière de cette après-midi caniculaire. Je crée le fond de la toile sur laquelle nous allons peindre nos extases.

Malgré ses avantages manifestes par rapport au support audio-visuel, il faut admettre que la littérature érotique a cependant ses limites. Tandis que dans un roman tout peut arriver, dans les parties de jambes en l'air, même à trois, le champ des possibles est restreint. Parlant de champ des possibles, il a déjà été labouré en long, en large et en travers. Entre une queue, un certain nombre de doigts, trois langues et huit orifices en tout, les permutations possibles sont loin d'être infinies. Et des mises en scène trop exotiques ont plutôt tendance à évoquer l'incrédulité voire l'amusement, plutôt que l'excitation.

Alors que faut-il écrire à propos du rapport sexuel en lui-même ? Faut-il expliciter ce mouvement de va-et-vient hérité d'animaux plus anciens que nous-mêmes ? Le porno a vite fait de nous exciter en sollicitant nos sens les plus immédiats avec cette mécanique de la procréation et les bruitages caractéristiques qui l'accompagnent, gros plans à l'appui. Mais en littérature, l'évocation d'un sexe masculin qui rentre et sort à fréquence variable d'un sexe féminin a-t-elle un grand intérêt ? Est-il besoin de préciser que l'excitation monte, et d'autres phrases toutes prêtes du même genre ? Bien sûr qu'elle ne va pas descendre en baisant, tout de même. Ou partir de travers.

Est-ce que j'ai donc fait tout cet étalage de prose préliminaire pour finalement me retrouver impuissant devant la description de l'acte lui-même ? Ma plume sied à l'excitation des protagonistes, mais pour la pénétration, il me faudrait quelque chose de plus consistant, de plus charnu. Faire l'amour avec la plume, serait-ce aussi vain que d'essayer d'écrire avec une queue ?

Mais je vois bien que je ne vais pas m'en tirer comme ça, avec des métaphores boiteuses, pour camoufler une gêne venue du fond de mon éducation, ou le fait que mon cerveau, si actif en préliminaires, se mette en stand-by une fois la pénétration et le labeur du piston reproducteur enclenchés.

J'ai servi l'entrée, maintenant je ne peux vous refuser le plat de résistance.

Revenons donc aux deux vagins tendus vers moi, fin prêts à être pénétrés. Prenant mon courage d'auteur à deux mains et ma verge à la base, j'enfile Vahine, jusqu'au frein. Première arrivée, première servie. Elle pousse un soupir, fait un mouvement résolu en arrière, et je vois son cul avaler ma queue toute entière. A mon tour de soupirer. Sacrée Vahine ! Elle commence à faire des mouvements circulaires avec le bassin, et j'ai l'impression d'être une vis qui s'enfonce toujours un peu plus dans ses tréfonds. Kati m'attrape les bourses et commence à les masser, tandis que de l'autre main, elle se met à se masturber. Je vois son visage et celui de Vahine, elles plongent dans le regard l'une de l'autre avec un sourire aussi béat que lubrique - comme quoi, l'église a eu tort de séparer spiritualité et sensualité, voici la preuve par deux. J'attrape la main de Kati et la pose sur le minou de Vahine, de laquelle je me retire pour introduire très lentement ma trique dans la fente chaude comme un four de Kati. Plus j'avance, et plus elle me serre les boules. Arrivé au bout, ça devient presque douloureux, alors je commence à faire des va et vient réguliers, ce qui l'incite à lâcher la pression. Elle s'est désintéressée de la chatte de Vahine, absorbée par sonplaisir. Vahine qui se délecte de regarder Kati s'abandonner, et d'écouter la musique discrète et envoûtante de ses soupirs. Puis je reprends Vahine, en traître, avec force, ce qui lui fait pousser un cri de surprise.

Comme vous le savez (en tout cas je l'espère pour vous, chers lecteurs, car il semblerait qu'en la matière l'ignorance soit étendue et crasse), la pénétration en levrette ne procure pas un énorme plaisir à la plupart des filles, faisant l'impasse sur leur clitoris. Moi-même trouve ce contact qui se limite aux seules parties génitales, un peu décevant. J'attrape donc le gros coussin servant d'ordinaire à caler ma tête lors de mes siestes, et le bourre sous les fesses de Kati toujours allongée sur son dos, sous Vahine, ce qui permet à mes deux Amazones de se frictionner mutuellement leurs parties sensibles. Perfectionniste, Vahine descend une jambe entre celles de Kati, pendant que je continue de la baiser par derrière, couché sur le dos et mes dents enfoncées dans la chair de son épaule. Je sens que Kati est tellement excitée qu'elle va venir, sa respiration se fait de plus en plus saccadée, entraînant ses cordes vocales, faisant des bruits étouffés, car en même temps, Vahine l'embrasse à pleine bouche. Passant sous le cul de Vahine, je mets mon pouce dans le con de Kati, juste un instant avant qu'elle ne jouisse. Je sens les pulsations de sa chair brûlante et détrempée, tandis que son jus s'écoule le long de ma main. A deux doigts (façon de parler) de venir moi-même, j'arrive à me retenir in extremis, ça fait un petit moment que j'avais arrêté les mouvements de mes reins pour laisser les deux filles à leur propre rythme. Les spasmes parcourant le corps en sueur de Kati se propagent dans les deux corps couchés sur elle, nous frémissons tous trois à l'unisson, nos peaux collées par la transpiration et les fluides corporels.

Vahine et moi nous désengageons et couvrons tout le corps de Kati de doux baisers, le temps qu'elle retrouve son souffle. Elle laisse la place, et à mon tour je m'allonge sur le dos. La petite temporisation qui sert à fêter dignement l'orgasme de Kati permet à ma queue toute prête à exploser, de trouver un second souffle. Vahine commence à me donner des coups de langue circulaires sur le gland, tandis que Kati recommence à me caresser les boules, faisant quelques excursions en direction de mon fondement. J'adore ça ! Elle a l'air de comprendre, car elle y met timidement le bout de son index, tandis que Vahine descend sa bouche sur ma verge et m'aspire. Je m'abandonne. Le temps cesse de s'écouler, c'est plutôt l'horloge qui s'écoule du mur, et mon vieux canapé auquel poussent des ailes de libellule s'envole vers des contrées paradisiaques.

Je ne crois pas à une vie après la mort, mais si elle existe, qu'elle soit comme ça ! Le jardin des délices de Jérôme Bosch. Et au diable la chorale des anges !

Vahine qui commence à me chevaucher me ramène à la réalité de mon rêve.

Kati s'accroupit sur mon visage, face à Vahine. Au delà de son vagin, mon ciel est constellé de quatre petits seins ronds qui se frôlent des tétons. Que peut-il y avoir de plus beau ?

Vahine va de plus en plus vite en besogne, elle bascule en avant et frotte frénétiquement son ventre contre le mien, faisant rentrer et sortir ma verge de son vagin, Kati bascule son bassin en avant et se penche sur le dos de Vahine, pour que je puisse bien lui titiller le clitoris du bout de ma langue. Elle accompagne le mouvement de Vahine en lui attrapant les fesses, en la retirant de ma queue et la laissant retomber dessus, de plus en plus vite, de plus en plus fort, Vahine commence à gémir, Kati et moi reprenons le refrain - c'est ça, la chorale des anges !

Vahine jouit en collant sa bouche grande ouverte sur la mienne, j'aspire sa jouissance, j'avale son âme. J'y suis presque. Vahine sait ce qu'il faut faire. Elle pose ses deux pieds sur le canapé, s'accroupit sur ma queue et pousse des cuisses, faisant d'amples mouvements verticaux de la base de ma verge jusqu'au bout du gland. Il n'en faut pas beaucoup. Je ne sais plus où donner des yeux, entre la somptueuse chatte de Vahine qui entreprend ma queue luisante, ses seins qui sautent en rythme, et Kati agenouillée au-dessus de ma tête qui est en train de se finir une deuxième fois en se caressant le berlingot, la chatte grande ouverte, me gouttant sur le visage. Dans ses spasmes naissants, elle fait tinter les violons suspendus au-dessus d'elle en les heurtant de la tête. En simultané avec Kati, je ne jouis pas, j'explose, me lâche avec une telle violence dans Vahine que je ne serais pas étonné de voir mon sperme jaillir de sa bouche ouverte. Une colonie de fourmis rouges parcourt nos peaux dans tous les sens, un troupeau de chevaux sauvages s'élance au galop dans nos poitrines, une tempête tropicale agite nos poumons. Et l'univers naît une deuxième fois du big bang de nos orgasmes réunis. La sainte trinité. Tremblant, hyperventilant, nous poussons des cris et des râles de cromagnon, nous écoutons ébahis ce langage venu du fond de nous, du fond des âges.

L'homme est le plus heureux quand il redevient animal.

******

Au bout de longues minutes, affalés les uns sur les autres dans le canapé humide de nos corps, après avoir peut-être un peu piqué du nez, Kati nous lance : « Est-ce que je suis la seule morte de soif ici ? » Vahine et moi répondons par la négative.

Tiens. Il semblerait que nous ayons retrouvé l'usage de la parole. Dommage.

Retomber définitivement dans un état animal m'aurait convenu encore davantage qu'un suicide. Voilà une façon plus originale de quitter cette vie, qui finit par ressembler de plus en plus à la rediffusion d'un feuilleton télé sans intérêt. Sauf aujourd'hui, bien évidemment. Ce jour, elle ressemble à du porno d'auteur - un genre que je rêve de voir émerger depuis des années. Il semblerait que l'humanité ne soit toujours pas prête à réconcilier ses pulsions avec son intellect. Raison de plus pour la laisser se débrouiller sans moi dans ses contradictions artificielles.

Je me lève, ramasse mon short, me lave au lavabo de mon atelier de façon expéditive, enfile le short directement sur la peau et sors de l'atelier pour préparer quelque chose de plus sympa à boire que l'eau du robinet.

Kati, à l'origine venue pour essayer des violons, puis tombée dans un guet-apens érotique, ne semble pas pressée de partir. J'en suis ravi. Et puis, où irait-elle ? Elle est chez elle, là où son bon plaisir l'amène.

Kati l'ange perdu et Vahine la reine sans royaume. Elles n'ont pas d'attaches, pas de patrons, pas d'agendas, pas d'obligations, pas d'argent, à peine une piaule où vivre. Le temps et le monde entier leur appartiennent, bien que le monde, malheureusement, ignore être le domaine de créatures aussi exquises et généreuses.

Le monde… au lieu de rendre hommage à la féminité, la création, la beauté et l'amour, se croit redevable au strict opposé : de prétentieux mâles dominants, infâmes, décadents, radins et cyniques qui avilissent, abîment, et détruisent tout ce qu'ils touchent de leurs sales pattes de porc, sous prétexte d'avoir la plus grosse - bite, bagnole, revenus, patrimoine, mettez ce que vous voulez. Surtout : toujours plus.

Mais je ne devrais pas laisser l'amertume m'envahir dans ce moment qui doit être mon apothéose. Alors j'éteins mon cerveau et laisse l'odeur de la menthe de mon jardin envahir mon flair, menthe que je suis en train de ramasser pour nous faire un petit mojito. En vidant les réserves de glace de mon congélateur (je n'en aurai plus besoin - je n'aurai plus besoin de rien, pensée qui tout à coup me remet d'excellente humeur) dans la petite cave qui jouxte mon atelier, j'entends les deux compagnes de ma dernière chevauchée accorder leurs violons. Veulent-elles reprendre là où je les avais interrompues ?

A l'étage, dans la chaleur insupportable de la cuisine exposée plein sud, je mets la menthe dans un seau à champagne, verse par-dessus le tiers restant d'une bouteille de rhum blanc, ajoute la glace que j'ai la flemme de piler, le reste d'un paquet de muscovado, coupe 4 citrons verts en rondelles, les balance dedans, je remplis d'eau gazeuse jusqu'à couvrir les glaçons, écrase le tout avec une spatule en bois et j'y mets une cuillère à cocktail (une « cuillère à cocktail » ! Tous ces objets inutiles qu'on peut emmagasiner ! Il semblerait qu'un occidental moyen possède dix mille objets, c'est ahurissant !). Pour finir, j'ajoute trois grosses pailles, puis balance les emballages vides, la planche à découper, le couteau et le reste des pailles à la poubelle. Plus besoin. Plus que neuf mille neuf cent quatre vingt dix sept objets m'encombrent.

Revenu à l'atelier de lutherie, dès l'ouverture la porte, mes narines sont envahies d'une odeur fort plaisante, mélange de bois, de vernis, et de sexe. Vahine et Kati se sont en effet remises à jouer du violon. Toutes nues. Vahine assise dans le canapé, et Kati debout devant, de dos. Qu'est-ce qu'elles sont belles ! Je vois le jeu des muscles du dos et de l'épaule de Kati lorsqu'elle frotte l'archet sur les cordes en faisant sonner un rythme entrainant sur lequel Vahine joue une mélodie syncopée, faisant danser ses seins avec les mouvements de ses bras. Elles semblent s'être lancées dans une improvisation et mettent un petit moment avant de réagir à ma venue. J'en profite pour tomber à nouveau mes fringues ; on est tellement plus à l'aise nu, avec une chaleur pareille.

Me voyant enfin, elles posent illico les instruments et viennent me rejoindre à l'établi où je pose le seau de champagne rempli de mojito entre instruments, outils et copeaux.

En quarante deux ans d'existence, j'ai appris comment faire plaisir aux femmes, comment les surprendre et les flatter. Ce n'est pas si difficile, rien que le fait d'en avoir envie fait déjà la moitié de l'affaire, et un mojito bien à propos fait partie des bons plans qui font toujours mouche.

Nous voici tous les trois, nus, penchés sur mon établi, à boire avec des pailles dans un seau, à grandes gorgées. Si je pouvais emporter des images de ma vie avec moi dans le néant, celle-ci en ferait partie. Mais alors ce ne serait plus le néant, donc tant pis.

Depuis le déclenchement des hostilités amoureuses, nous avons à peine échangé quelques mots. A ma grande satisfaction, sirotant notre mojito, nous ne ressentons pas le besoin de parler. Nous nous regardons, nous sourions, nous touchons, des bras, des mains, des hanches, nous flairons nos phéromones, cela nous suffit en terme de communication.

J'en suis ravi. Quand je repense à ces myriades de paroles qui se sont déversées de ma bouche durant ma vie, et si souvent en vain, que j'ai pu proférer à répétition, et toujours en vain, à ces torrents de mots qui se sont abattus sur moi jusqu'à m'assommer, ces informations inintéressantes, réflexions vexantes, demandes énervantes, recommandations inutiles, négociations futiles, reproches usants, ces morales vaines, ces ragots, ces redites sans fin ; ce vacarme de mille bouches qui, malgré les meilleures intentions, peine tellement à changer notre condition humaine - puisqu'il la définit.
Faisons quand même une exception de l'écrit, qui, contrairement à la parole, n'est pas immédiat ; il permet de s'attarder et de revenir dessus, nous offrant une chance de le comprendre, il met son auteur hors de portée pour nous, nous ôtant la possibilité de bêtement lui répondre du tac au tac, sabordant ainsi sa pensée et le descendant avec nous dans les bas-fonds de l'arène de la bataille des égo. Ainsi l'écrit a pu changer notre condition humaine, et continue de le faire.

Mais peut-être que si, peut-être que ces innombrables mots parlés, bavassés, rabâchés, chuchotés, hurlés finissent eux aussi par changer notre condition humaine - en nous éloignant de notre condition animale. En emplissant le silence de déchets sonores. En nous définissant sans cesse par l'extérieur, nous empêchant par là-même de nous reconnaître de l'intérieur. En conceptualisant, en intellectualisant et en compliquant tout.
L'autre jour, un ami musicien voulait m'expliquer comment respirer.
Et pour faire battre mon cœur, quelqu'un peut me faire le topo ?
Et pour bander ?
Je voudrais plutôt que quelqu'un m'explique comment penser autrement qu'avec des mots.

En ce moment, justement, nous ne ressentons aucun besoin de parler. S'ajoutant à l'ivresse des sens, l'ivresse de l'alcool nous envahit et fait germer une hilarité irrésistible. Nous nous regardons avec des sourires de plus en plus larges, et quand Vahine lance « On pue, non ? », c'est le déclic, nous reniflant nous-mêmes et les deux autres comme des animaux, nous éclatons de rire. Je sors un vieux délire perso, balançant : « Imaginez si l'humain avait l'odorat des chiens : pour faire connaissance, on commencerait par se renifler le cul ! et Kati de renchérir, nonchalante - Je te déconseille ! J'ai pété ! ». Le pet bien à propos (c'est à dire en traître), est probablement la blague la plus vieille de l'humanité, nous n'en pouvons plus, excusez notre puérilité. On est bourrés.

Avec sa paille, Vahine commence à faire des bulles dans le seau de mojito. Kati attrape le violon le plus proche, se saisit d'un archet et accompagne ce bruit d'un trémolo rythmé sur deux cordes. Ne voulant pas être en reste, je cherche à me caler sur son rythme en tapant sur mon bide et occasionnellement les fesses de Vahine, qui se met à chanter à travers sa paille tout en faisant des bulles. Ça finit en La donna è mobile. Je rejoins le chant une quinte en-dessous en fredonnant, un peu faux, et tout en continuant à jouer l'accompagnement, Kati se met à valser toute seule autour de l'établi.

Cher lecteur, c'est peut-être le moment de te rappeler que tu te trouves dans mon rêve, ceci n'est pas le genre de situation qu'on rencontre communément dans un atelier de lutherie, d'autant moins avec des protagonistes dénudés. Oui, c'est dommage, mais c'est comme ça, je n'y peux rien.
Profitant justement du fait de rêver, je maîtrise soudainement mon violoncelle délaissé en réalité depuis des années. Je me saisis de mon archet, m'installe, et reprends l'accompagnement en « un deux trois » assuré jusque-là par Kati. Vahine attrape à son tour violon et archet et joue la mélodie, sans bulles cette fois-ci. Aussi entraînant soit-il, au bout d'un moment, et au bout de moult répétitions avec variations, le thème de la donna è mobile se termine dans un bel accord en Sol majeur.
Nonobstant l'irréalité de la situation, nous n'avons pas de répertoire en commun, mais nous n'allons tout de même pas nous arrêter en si bon chemin. Pro-

fitant de mes prouesses de violoncelliste rêvé, je lance une improvisation sur un rythme en quatre bien cadencé.

Oh, si seulement je savais improviser pour de vrai, j'y repenserais peut-être à deux fois avant d'en finir avec ma vie. Si j'étais capable de « parler la musique ». Contrairement au langage, elle ne finit jamais par nous abrutir, tant qu'on a des choses à exprimer. Si quelqu'un lance une phrase musicale, on ne peut le contredire, la musique a le bon goût de rendre cela impossible par son essence même. On se doit d'être d'accord. En cas de désaccord, la musique ajoute miraculeusement un « s », transformant « désaccord » en « des accords » - autrement, ça sonne juste faux. Ou alors, les musiciens cessent leur conversation musicale et recourent à la parole, enclenchant à nouveau la rationalisation de la musique et ouvrant la voie aux désaccords tout azimut. Je concède que pour éviter cela, il faut un bagage technique solide ; cela demande du travail et donc un effort d'intellectualisation. Mais une fois une certaine maîtrise acquise, la musique peut se pratiquer en tant qu'expression de langage sans mots, de communication ou de monologue épanoui, de sentiment brut non pollué et conceptualisé par le verbe.
Mais ce n'est malheureusement pas ainsi qu'elle est enseignée. Faire de la musique, surtout classique, en règle générale cela veut dire le contraire : intellectualiser le sentiment, lire ce que d'autres, souvent très éloignés de notre propre époque et notre façon de ressentir et d'appréhender le monde, ont couché sur

papier ; puis le répéter et l'interpréter... En étant par définition toujours plus ou moins mécontent de ce que l'on joue, que ce soit pour des raisons techniques ou artistiques. Et dans les rares cas où l'on est satisfait de son exécution, on peut être sûr que d'autres ne le seront point, car ils n'ont pas la même appréciation que nous des idées d'un compositeur mort depuis cent cinquante ans. Mis à part la technique, on apprend donc dans l'enseignement académique de la musique la répétition et le mécontentement chronique au lieu de l'expression de nos propres idées et sentiments et de la satisfaction et plénitude que cela apporte. Cela convient à certains - dont nous trois ne faisons pas partie.
Une fois ce schéma bien acquis, il devient presque impossible de s'en libérer. Personnellement, tout ce que j'ai jamais réussi en terme de création musicale sont quelques compositions laborieusement extirpées de mon esprit prisonnier du solfège.

Mais là, Kati, Vahine et moi-même improvisons, gagnant en audace ce que l'alcool nous fait perdre en précision. Rapidement, nous quittons les contrées familières de la tonalité et explorons des dissonances tantôt mélancoliques, tantôt agressives ou d'une beauté étrange et frissonnante. Dès que nous trouvons des accords, des motifs et phrases, avec la basse, j'essaie d'imprimer un rythme, tandis que Kati maintient les harmoniques et Vahine, qui est la plus habile en improvisation, trouve une ligne mélodique là-dessus. Parfois, nous échangeons les rôles.

Nous nous promenons dans ce pays des sons, en-dehors du temps, presque en-dehors de la réalité, et le soleil brûlant approche de l'horizon sans que nous ne nous en rendions compte.
En créant cette histoire musicale à trois, à plusieurs reprises, je sens les larmes envahir mes yeux. Je les laisse couler, je n'ai pas honte, je n'ai rien à cacher. Je suis heureux, admiratif et amoureux de ces deux filles. Emu, je vis mes dernières heures, et elles sont d'une perfection onirique.

*****

La faim finit par nous ramener dans le monde concret.
Vahine, qui avait déjà fait état de nos effluves corporelles, semble finalement de nous trois la plus ancrée dans la réalité et lance le mouvement. Kati avec son air rêvasseur, paraît en effet bien loin des préoccupations charnelles, et moi-même, d'ordinaire si vorace, semble déjà avoir entamé mon grand voyage vers le néant, au point de faire abstraction des gargouillis de mon ventre.
Qu'à cela ne tienne, nous posons nos instruments, enfilons nos vêtements à même les peaux, et quittons l'atelier pour monter dans mon appartement.

A l'étage, c'est une vrai fournaise. Trois semaines consécutives de canicule ont chauffé l'intérieur de la maison à trente deux degrés, comme l'indique le thermomètre, à côté duquel je vois mon smartphone. J'aimerais m'en débarrasser avant de passer du côté du repos éternel, craignant qu'il m'y suive, détruire cet objet vicieux devenu incontournable pour tous sauf les plus austères des ascètes, qui m'a tellement fait chier ces dernières années, à voler mon temps et ma patience à le chercher dans des planques improbables, à tomber en rade de batterie dans les pires moments, à refuser de sonner pour des appels importants, à transformer de superbes prises de vue en photos minables, à prendre l'initiative d'importuner mes contacts depuis ma poche, à me perdre en pleine campagne avec son GPS défaillant et j'en passe. Mais je me ravise, car j'ai une meilleure idée. J'enlève donc la carte SIM, lui arrachant son âme maléfique, et l'introduis dans mon vieux téléphone portable ancienne génération, très compact, qui servait encore principalement à téléphoner, et le mets en charge.

Finalement affamées toutes les deux, ma reine sans royaume et mon ange perdu se sont rués dans la cuisine et sont en train de dépouiller mon frigo de tout ce qui ressemble de près ou de loin à du yaourt, du fromage blanc, de la faisselle, de la brousse, agrémenté de sucre, de miel, de sirop d'érable et de confitures. Je me joins à leur orgie.
C'est frais, c'est onctueux, c'est sucré, ça se mange tout seul.
Je retire l'ample robe de Vahine, affalée sur une chaise, et lui verse un pot de yaourt sur les seins, agrémenté d'une trainée de sirop d'érable. Le temps que j'apprécie le goût sucré-salé, le mélange a le temps de couler sur son ventre, où Kati, amatrice

également, lèche les restes. Vahine passablement nettoyée, Kati saute de ses frusques, s'allonge sur la grande table du salon, et nous renversons plusieurs pots de produits laitiers bien frais sur son buste et ses jambes. Ce qui serait en trop pour Vahine et moi-même, je le ramasse avec les doigts et les fais lécher à Kati. Elle fait ça très, très bien. Je deviens à nouveau dur comme le bois de la table. Quand il ne reste plus rien à manger, lécher, sucer, ni sur Kati ni dans les pots, je m'exclame : « Tout le monde à la douche ! »

Tout comme mon lit d'un mètre soixante sur deux, ma douche de quatre vingt centimètres sur un mètre cinquante, est beaucoup trop grande pour une personne. Nous sommes de plus en plus seuls, et les dimensions de nos lieux intimes ne cessent de croître. Est-ce pour bien nous faire ressentir notre solitude ? Pas ce soir en tout cas, car pour une fois, nous allons mettre à profit toute la place à notre disposition.
Je me désape à mon tour, entre le premier et ouvre le robinet. Les quelques instants avant que l'eau tiède n'arrive - l'eau chaude étant hors de question vu la température - je profite du jet froid. Les filles appréciant les douches froides sont rarissimes même en rêve - elles me rejoignent seulement quand une vérification de la main permet à Kati de juger la température agréable.
L'eau rince nos corps de la sueur de la journée, du mucus séché, du yaourt et des traces de confiture ayant échappées aux langues.

Vahine, manifestement la plus décomplexée de nous trois, ouvre le bal du pipi-sous-la-douche. Elle bascule le bassin en avant, écarte ses lèvres pulpeuses, et envoie un flot de couleur pâle en direction de la bonde, jusqu'à ce que son bassin pivote, et je prends son jet sur la cuisse. L'eau chaude de son corps qui se mélange à l'eau tiède de la douche, la vue panoramique qu'elle nous offre sur son sexe, m'excitent, et je profite de la souplesse certainement très passagère de ma queue pour lui rendre la pareille. Alors je lui douche les pieds, les jambes et le ventre de mon tuyau d'arrosage en chair. Etrangère à ce jeu mais interpellée tout de même, Kati se joint à nous jusqu'à ce que nos vessies soient vidées.

Après avoir humé les différents gels douche à disposition (il y en a un bon nombre hérité de mon ex), Kati en choisit un à la mangue et commence à se savonner. Vahine et moi faisons de même, jusqu'à ce que nous nous retrouvions à nous étaler mutuellement le savon partout en frottant nos corps glissants les uns contre les autres. Je lave les cheveux de Kati en lui massant le cuir chevelu tout en lui suçant la lèvre inférieure, tandis que Vahine s'assure que mon fondement soit bien net en y introduisant un doigt savonné. Je n'en peux plus, je me libère puis enfile Vahine par derrière. Ça rentre tout seul... Penchée en avant, enlaçant les hanches de Kati, elle se laisse à son tour laver les cheveux, tandis qu'avec sa langue, elle joue de cette chatte tendue vers sa bouche, communiquant des vibrations suaves aux cordes vocales de Kati. Mes cheveux n'étant pas encore lavés, je remplace Vahine agenouillée devant Kati, et conti-

nue à jouer de son sexe pour faire sortir le chant de la lubricité de sa bouche.
Une fois de plus, je sens qu'elle est prête à venir. Cette fille a une extraordinaire faculté à jouir, j'en suis tellement ravi que je ne lui en veux pas de cesser de s'occuper de mes cheveux, toute abandonnée à son plaisir. Elle vient avec un cri rauque qui résonne dans la douche, l'accord final de sa chanson.
Je soulève Vahine en l'attrapant sous les fesses, abaisse son cul sur ma bite, et la baise dur contre le mur, sous le jet de douche. L'eau dilue nos sensations, et je sens que nous n'allons pas arriver à jouir comme ça, je la repose donc doucement, et nous nous séchons grossièrement avant de nous jeter tous les trois sur mon lit aux draps fraîchement lavés pour la grande occasion. Ces tissus vont servir de nid d'amour et de linceul dans la même nuit…

Etendus propres et sentant bon, comme neufs, sur ces draps tout aussi immaculés, nous continuons nos jeux d'amour en nous embrassant à tour de rôle. Nos ablutions semblent avoir remis les compteurs à zéro, nous redémarrons tout en douceur, en approchant nos bouches entrouvertes doucement jusqu'à nous voir flou, à s'envoyer de petites décharges électriques avec des effleurements de lèvres encore à peine humides, d'une infinie délicatesse.
Pour humecter nos lèvres, nous dessinons les contours de nos bouches du bout de la langue, d'abord la partie extérieure, puis intérieure. Comme par hasard, les bouts de nos langues se rencontrent. Langues qui entament alors une danse d'abord cour-

toise, puis de plus en plus endiablée. Jusqu'à ce que trois bouches s'aspirent les unes les autres, lèvres pressées sur lèvres, langues luttant contre langues dans le combat du désir. Nous nous fondons en un seul.
Je sens que je suis prêt pour la grande finale.

En attendant, mon vieux téléphone portable compact est chargé. Avec un « Je reviens tout de suite ! », je sors de la chambre, précédé de ma bite orgueilleusement dressée, débranche l'appareil, le nettoie rapidement avec une brosse et du gel douche antiseptique. Jamais depuis le jour de son achat, mon téléphone n'a été aussi rutilant. Dans le menu « options », j'enlève le répondeur, lui donnant ainsi la possibilité de sonner à l'infini. Le présentant fièrement, je retourne dans la chambre avec un grand sourire, annonçant : « Il est sur vibreur ». Sur ce, je rejoins mes deux muses dans le lit et commence à caresser les parties intimes de Vahine, allongée sur le dos, avec la coque en caoutchouc du portable. Kati se lève pour chercher son téléphone à elle dans la poche de son short. Elle m'appelle. Sans décrocher, Vahine répond. Elle dit « Mmmmhhh. Aaah. », et encore, plus fort, quand je touche légèrement son clitoris avec le téléphone qui vibre. Elle mouille à vue d'oeil. Je lui mets un doigt, puis deux, puis trois, et Kati recommence à l'embrasser sur la bouche, en faisant disparaître sa main dans son propre entrejambe.

Alors je raccroche, j'allume la lampe torche du téléphone, très puissante sur ce modèle, et je l'introduis aux trois-quarts dans le vagin accueillant de Vahine. La chair de son pubis luit d'une lumière rose dans la pénombre de ma chambre aux volets mi-clos. Les va-et-vient donnent une étrange vie à son sexe, et nous regardons sidérés tous les trois. Kati rappelle, et le téléphone se met à vibrer dans le vagin de Vahine.

Finalement, Vahine sort le téléphone couvert de sa cyprine et le balade, toujours vibrant, sur ma verge et mon gland. Cette fois-ci, c'est moi qui réponds, de la même façon. Je lui enlève le jouet improvisé des mains et passe le combiné à Kati, qui avait regardé tout ça avec une excitation curieuse. Ou plutôt, je passe le combiné sur Kati, qui a droit au même traitement, tandis que Vahine commence à me lécher la base de la verge, les boules, le périnée et le cul. Kati, en continuant à se passer des coups de fil sur la cerise, entreprend mon gland, pendant que Vahine est occupé plus bas. Tout mon être toujours passablement alcoolisé se concentre dans les quelques centimètres carrés qui constituent mon entrejambe, et je profite de ce festival sensuel les yeux clos, tandis que le mojito me fait doucement tourner la tête.

Nous sommes fin prêts de passer à l'étape suivante, mais quand Kati fait mine de vouloir monter sur ma queue dressée et pulsante, je me tourne sur le côté et ouvre l'un des tiroirs sous mon lit, et j'en sors une ceinture gode commandée sur internet exprès pour l'occasion.

La brandissant devant moi, je demande: « Qui veut ? », et deux mains se lèvent simultanément dans un enthousiasme non dissimulé. C'est quand j'annonce « Mais c'est pour moi. Enfin. Aussi pour moi, que l'enthousiasme se teinte très perceptiblement de surprise et d'interrogation.

- Tu veux dire que... essaie Kati en haussant les sourcils et en pointant mon cul de son menton.
- Oui, c'est exactement ce que je veux dire. Depuis que j'ai reçu mon premier doigt au cul, j'ai envie d'essayer. Enfin, pas avec un homme. Comme vous pouvez le voir, c'est une taille « S », pas facile à trouver par ailleurs. Mais bon. Je préfère ne pas prendre de gros risques. A qui l'honneur ? »

Kati s'avance, hésitante et résolue en même temps. Vahine pousse un soupir. Je sais qu'elle rêve de se faire sandwicher par deux garçons, mais elle n'avait sûrement pas encore envisagé la configuration qui commence à prendre forme sous ses yeux. Je vois que ça l'excite à fond. Comme s'il y en avait besoin. Tous les trois, nous sommes comme électrisés.

Tous, nous savons quand était notre première fois, mais nous sommes peu à connaître l'heure de notre dernière fois. Etrangement, je sens la même exaltation que lors de mon dépucelage, et ce ravissement semble se communiquer à mes deux compagnes, sans qu'elles ne comprennent pourquoi.

Je passe la ceinture gode autour de la taille de Kati, et Vahine entreprend de fixer et serrer les fermetures, descendant la ceinture sur les os légèrement saillants de son bassin. Parmi la multitude de modèles existants, à une ou deux queues extérieures, et aussi à une ou deux queues intérieures à la ceinture, j'ai choisi un modèle assez simple qui se contente de stimuler le clitoris de la porteuse avec un petit insert rainuré en latex, lorsqu'elle exécute les mouvements de bassin d'ordinaire réservés aux mâles.

Admiratif de Kati avec sa bite postiche, d'un mélange d'hilarité et d'excitation, je m'allonge sur le dos. J'attire Vahine vers moi, la faisant s'accroupir sur ma bouche, et me servant de ma langue et de mes pouces, j'enduis son fondement de ma salive et de sa cyprine, qui se met à couler abondamment. Kati agenouillée au-dessus de moi, regarde avec un étonnement vicieux Vahine en train de lubrifier de sa bouche son tout nouveau membre et me caresse simultanément la queue de ses doigts fins de musicienne.

Chaude, bouillante, fumante presque, Vahine enlève son cul de ma bouche avide, glisse le long de mon torse et s'enfile mon gland dans l'anus. C'est serré au début, mais elle n'en est pas à son coup d'essai, contrairement à moi, et sans que je n'intervienne plus que ça, elle y fait entrer ma queue en avançant son bassin doucement, mais sûrement. Kati s'impatiente que mon sexe ait disparu tout entier entre les fesses de sa compagne de jeux, elle s'allonge sur Vahine et plonge sa tout nouvelle queue dans son vagin sémillant.

Vahine pousse un soupir en frémissant, et je sens cette autre présence en son corps, excitant mon sexe par chairs interposées.

Kati commence à bouger, et je sens que ce qui m'a pris des années à apprendre, à savoir comment donner du plaisir à une femme dans la position du missionnaire, vient tout naturellement à Kati ; elle baise Vahine comme elle voudrait être baisée elle même - et ses coups de rein de plus en plus vigoureux entraînent le cul de Vahine sur ma verge. Tant mieux, car avec le poids des deux filles couchées sur moi, il m'est difficile de me mouvoir. Je me fais tout de même - un peu - acteur, en attrapant la chair ferme des fesses de Kati pour l'accompagner dans ses bourrades. La délectation de ce contact indirect avec le gode de Kati, transmis par le cul fringant de Vahine, elle-même entraînée par les coups de rein de Kati, est difficilement descriptible. Je me demande ce que peut bien ressentir Vahine, mais ses soupirs et ses gémissements, sa sueur qui coule à flot, et ses joues et ses oreilles écarlates, m'en donnent une idée.

Kati se retirant, s'agenouille au bord du lit, annonçant : « Je veux voir ! » Alors Vahine et moi rampons sur le dos en sa direction, j'avance mes fesses jusqu'au bord du lit, Vahine toujours enfilée sur moi, et écarte nos jambes pour faire une place à Kati entre nos quatre cuisses. Et là Kati voit : elle voit la vulve ouverte de Vahine, et juste en-dessous ma queue plongée presque entièrement dans son cul. Elle commence à enfoncer le gode lentement jusqu'au bout, puis elle se retire complètement pour voir à nouveau. Et encore. Et encore.

Vahine se redresse sur un coude et commence simultanément à se masturber le berlingot, sa respiration devient saccadée, elle pousse des cris de plus en plus rauques et forts ; je monte dans un tel état de surexcitation que, délesté du poids d'une des deux filles, je commence à mon tour à pousser frénétiquement des

reins par en-dessous. Pendant quelques instants, tremblante, Vahine retient sa respiration, puis un puissant spasme secoue son corps partant du bas-ventre, elle expulse des glandes énigmatiques cachées dans sa féminité un jet de liquide chaud, transparent et légèrement visqueux qui inonde nos sexes à tous les trois, qui coule le long de son périnée pour abondamment se répandre sur tout mon entrejambe. Là où l'eau dilue les sensations, ce liquide visqueux les met en exergue. Ça doit être cela, l'eau bénite.
Kati s'est enlevée la ceinture-gode d'un mouvement expéditif, assise telle une cavalière sur les muscles tendus de ma cuisse droite, penchée sur Vahine, elle se frotte dans ce jus baignant tout, et c'est en voyant sa bouche ouverte et ses yeux presque révulsés par-dessus l'épaule de Vahine que je jouis puissamment, inondant l'anus de Vahine d'un liquide autrement plus visqueux. Nous sommes faits de liquides, dans les liquides nous naissons, dans les liquides nous jouissons, et pour ma part, dans les liquides je mourrai, et non pas flétri d'âge et sec de frustration.

A peine ai-je le temps d'attraper une lingette à côté du lit pour essuyer sperme et mucus de ma verge, que Kati se jette sur mon lit désormais souillé et défait, se glisse un oreiller sous les fesses, et attrape ma tête pour écraser mon visage dans son vagin. Dans mon dos, Vahine s'équipe de la ceinture gode encore toute luisante de sa propre éruption liquide, et commence à doucement me l'introduire dans le derrière, de la salive aidant. Le gland artificiel à peine passé mon sphincter, mon nez dans la chatte de Kati, dont tout l'entrejambe est encore mouillé du geyser de Vahine, je bande à nouveau comme un cerf en rut, quelques instants seulement après avoir joui. Vahine est maintenant en moi aux deux tiers, jamais aucun doigt ou occasionnel objet n'a pénétré mon cul aussi loin. Elle continue à pousser, et ça devient un peu douloureux. D'entre les lèvres de Kati, je lui signifie avec un grognement de s'arrêter là, ce qu'elle commente d'un « Débutant ! » hilare. Mais jusque là, qu'est-ce que c'est bon ! Ça appuie un peu sur les chairs, diffusant une sensation de chaleur très agréable dans tout le bassin, jusqu'à la queue. En même temps, je bande un chouia mou, peut-être est-ce dû à la compression des veines ? Avec les aller-retours prudents de Vahine, cette sensation de chaleur se met à pulser et à se répandre partout, j'en ai la salive qui coule abondamment dans la vulve de Kati collée contre ma bouche.

Finalement, la prostate à des fonctions beaucoup plus réjouissantes que celle d'attraper un cancer. Je sors mon nez de la fouffe de Kati, ma langue cesse de flatter sa rondelle, je la monte et la pénètre, Vahine toujours emboitée en moi, couchée sur mon dos. C'est comme si les sensation étaient partagées entre mon cul et ma queue, la somme de cette division ne faisant pas un, mais deux, toujours est il que cela ralentit la montée de mon excitation, bizarrement, car elle est déjà maximale, toujours est-il que ça enfle, ça enfle, mais la purée ne veut pas partir, pas encore. A présent, je ne calcule plus rien, oublié les belles techniques, zones érogènes, points sensibles, et positions propices, je baise Kati comme un animal,

tandis que Vahine me rend la politesse par derrière, ses crocs enfoncés dans ma nuque.
Nous ne sommes plus qu'un tas de membres enchevêtrés, agités et remuants, poussant des cris de bête, de plus en plus fort, jamais l'Animal en nous n'a été aussi vivant, dévorant cet homme et ces femmes insignifiants d'un appétit immodéré, ardent et absolu pour l'extase.

Ma rédemption par l'orgasme s'apparente à un évanouissement. Le peu de sperme qu'il me reste jaillissant, ma vision s'obscurcit, puis je vois des étoiles, des spasmes incontrôlés parcourant mon corps, mon cœur semble vouloir défoncer ma cage thoracique, ma peau transpercée de millions d'aiguilles. Et le peu de raison qu'il me reste s'interroge : quelle étrange créature peut bien pousser ces cris qui parviennent à mes oreilles depuis ma bouche tremblante et salivante ?

Puis Vahine, haletante, roule sur un côté, s'enlève de gestes ralentis la ceinture-gode, et semble s'endormir presque aussitôt.
Je reste encore un peu en Kati, qui me fait « chut » comme à un enfant qu'on voudrait consoler, en me caressant délicatement les cheveux. Je me rends compte que je pleure. L'extase fut vertigineuse.
Pendant un long moment, dans la pénombre, je regarde Kati dans les yeux avec un sourire un peu bête, reconnaissant et amoureux, des larmes fraîches au bord des paupières.

Elle a l'air gentille, cette fille que finalement j'aurai aimée, baisée, mais même pas connue.

Qui sait ? Peut-être que je pourrais être heureux avec elle ?

Non, plus de ces futilités, de ces espoirs vains.

A mon tour, je roule sur le côté opposé à celui de Vahine, et continue à caresser doucement du bout des doigts le corps nu de Kati, absorbé dans mes émotions.

*****

J'attends qu'elles aient toutes deux fermé les yeux et que leurs respirations soient devenues régulières et profondes, puis je me lève pour aller aux toilettes. Je veux mourir proprement. Déjà que je serai froid à leur réveil, pas la peine que je gise dans ma merde en plus. D'un geste assuré, je déplie le papier qui contient les barbituriques que je me suis procuré, sans hésitation je les avale avec quelques gorgées d'eau. Je sais ce que je fais. Même si l'on remettait ça, ce ne serait jamais comme cette première fois. Pour finir ma petite vie éphémère, j'ai touché à la perfection. J'ai fait la nique au destin. Dans la presque-obscurité de la chambre, tout juste éclairée par les lumières de la rue à travers les volets mi-clos, je m'installe dans le fauteuil face au lit. Doucement, je pose la main droite sur ma bite rouge et rabougrie. Elle a tellement donné que même avec la meilleure volonté du monde, elle n'arriverait plus à bander avant... enfin, plus jamais. J'absorbe ces deux créatures sublimes des yeux, du nez, de l'ouïe. Je n'ose pas me coucher contre elles pour leur épargner la mauvaise surprise de ma peau froide au réveil, mais je craque. Ce sera mon dernier forfait. Vahine bouge légèrement quand je la touche, mais elle ne se réveille pas. Ma tête commence à tourner, et cette fois-ci, ce n'est pas le mojito. Je pleure en silence, mon corps est secoué de soupirs. C'est cette sensation d'ultime satisfaction et de plénitude que j'avais recherchée et finalement trouvée.

Non, je vais partir sans commettre de dernière saloperie, donc je regagne mon fauteuil d'un pas chancelant. Le temps s'évapore, mais pas de la même façon que tout à l'heure, lorsque nous avions fait de la musique.

La dernière chose que je vois sont les corps des deux êtres aimés qui bougent doucement au rythme de leurs respirations, l'un pâle, l'autre bronzé. La peau lissée par l'obscurité, un sein de Kati à moitié caché par un bras de Vahine, une paire de fesses avec une trainée de sperme luisante dans la pénombre.

Ces deux femmes qui ont su m'offrir l'ultime jouissance, ma dernière bataille épique de guerrier Viking. Mon ange et ma reine. Je suis paré pour le néant.

Elles ne savent pas que j'ai pris du poison, que je veux en finir. Elles comprendront. Sur mon bureau, je leur ai laissé des feuilles imprimées de mes pensées noires.

Elles n'avaient pas eu le temps de s'attacher à moi, de toute façon, Kati encore moins que Vahine.

Je pleure en silence, une dernière fois. De bonheur. Un peu fier de mon départ en beauté. Rien ne va me manquer. Elles comprendront. Mon cœur déborde de gratitude et d'amour. Il commence à faire de drôles de syncopes dans ma poitrine. Elles vont comprendre... Elles comprendront...

Je me sens bien, rassuré, apaisé. Une lueur blanche émane des deux filles sur le lit. Elle devient de plus en plus intense, on dirait qu'elles se consument d'énergie pure. Tout devient blanc. Et puis plus rien.

-2-

En réalité, ce n'est pas du tout de cette façon que les choses se sont passées. Pour commencer, je suis encore là, bien vivant, pour vous narrer le vrai déroulement des évènements.
Bien sûr que le rêve contient des éléments de réalité, tout comme la réalité contient des éléments de rêve, sinon, de quelle futilité serait l'un, et de quelle tristesse serait l'autre ?

Bien que Vahine soit en effet arrivée dans ma vie avant Kati, c'est cette dernière qui s'est installée dans ma maison la première. Puis, Kati ne serait pas venue essayer des violons après le retour de Vahine du Brésil, puisque ça faisait déjà plusieurs mois qu'elle m'en avait acheté un. Ce ne pouvait plus être la canicule non plus, puisque Vahine n'est finalement rentrée en France que début novembre. J'ai donc tordu un peu le temps selon mon fantasme, pour faire coïncider certains évènements. Mais à bien y réfléchir, avec le recul, la vraie histoire fut peut-être tout aussi cocasse, bien qu'un peu plus banale en apparence, et plus compliquée, beaucoup plus compliquée même.

Suite à ma séparation, que j'ai déjà mentionnée succinctement au chapitre précédent, je fus dans l'obligation de changer la disposition de ma maison, que nous avions achetée avec mon ex, tout juste un an auparavant. N'étant pas capable de rembourser la

totalité des mensualités de l'emprunt bancaire avec mes seuls revenus, j'ai transformé le rez-de-chaussée, qui à l'origine était destiné aux trois enfants de feue ma famille recomposée, en appartement en colocation. J'ai donc déménagé les chambres de mes deux enfants à l'étage, ai monté des serrures sur les portes des trois chambres du rez-de-chaussée, acheté du mobilier, réaménagé et équipé la cuisine et la salle de bains, et mis en ligne une annonce de colocation afin de récupérer, avec la location de ces trois chambres, le petit millier d'euros mensuels qui allait me manquer pour honorer mon crédit.
Ah, vous voyez, tout de suite ça devient bien plus terre à terre comme histoire, nous avons quitté le domaine du rêve, désolé. Mais n'ayez crainte, je n'ai pas l'intention de vous sortir mes extraits de compte pour étayer mes dires, attendez plutôt la suite.

Quelques semaines avant cette transformation de la maison, à vrai dire très peu de temps après ma séparation, j'avais envoyé un message à Kati, qui n'était alors qu'une cliente parmi d'autres, lui demandant si elle avait envie de faire de temps en temps un peu de musique avec son luthier. Bien sûr que j'avais - déjà - autre chose en tête. Mon rêve - où Vahine était également déjà de la partie, je n'ai en fait, dans mes fantasmes, jamais dissocié les deux à partir du jour où Kati a mis les pieds dans mon atelier. Vahine et Kati. La paire.
Kati avait répondu favorablement à ma requête. Probablement, un luthier n'est pas le genre de personnage dont on se méfie, bien que certains de mes

confrères profitent de la naïveté des clients pour mieux les arnaquer, un peu à la façon dont usent et abusent les garagistes. J'avoue avoir été tenté aussi, parfois, surtout quand la tête du client ne me revenait pas. Mais ce n'est pas le sujet de ce récit. Non, je pense qu'elle ne se doutait pas du tout que j'avais des vues sur son cul. Ou alors elle s'en doutait, mais ça lui allait parfaitement bien ? Tiens, j'aurais dû lui demander, quand il était encore le temps de le faire. Maintenant, c'est trop tard.

Après ce bref échange de SMS, je n'eus pas de nouvelles de Kati pendant plusieurs semaines. C'était les vacances d'été, et cette fille ne semblait vraiment pas avoir de place à elle sur terre ; elle ne pouvait déjà pas répondre à la question où, de Bordeaux ou de Toulouse, elle était domiciliée, elle semblait en plus perpétuellement en vadrouille, disant qu'elle allait passer ses vacances dans le Var, pour finalement se retrouver dans le Lot, et non pas pour se détendre, mais pour bosser.

C'est donc depuis le Lot qu'elle m'a un beau jour envoyé un SMS me disant qu'elle n'avait pas oublié ma proposition, et qu'elle allait probablement se retrouver à Albi (ou ailleurs dans le Tarn) au début du mois de septembre. Une fois n'était pas coutume, elle ignorait où elle allait atterrir, et probablement aussi ce qu'elle allait faire de sa vie une fois atterrie. Je lui demandais alors si, pour son installation (qui dans son cas ne pouvait être que temporaire), elle cherchait à louer un appartement, ou une colocation - vous voyez où je veux en venir.

Il me restait la dernière de mes trois chambres à louer, et je me suis dit : quoi de mieux pour séduire une fille, que de l'avoir sous la main ?
Opportuniste ? Ma foi, oui.
En même temps, je lui rendais service, la chambre était mignonne, les parties communes de la colocation pouvaient même être qualifiées de chics, avec leur canapés Chesterfield en cuir blanc cassé et le généreux îlot de cuisine rouge brillant. Je n'en demandais par ailleurs pas un prix exorbitant.
Après un peu de persuasion de ma part par SMS interposés, elle est donc venue visiter début septembre, nous en avons profité pour évoquer quelques morceaux pour piano et violon que nous pourrions jouer ensemble, et cinq jours plus tard, elle est arrivée à la maison avec ses bottes de randonnée, son violon, son grand sac à dos, et sa petite valise.

******

Avant de vous relater comment s'est passée la suite de notre histoire, qui jusque là se résumait à diverses transactions commerciales, je vais vous détailler comment se sont réellement déroulées les choses avec Vahine en amont.
Avant sa venue dans mon atelier au printemps, tout s'est exactement déroulé comme expliqué au chapitre précédent - c'est à dire notre rencontre à Chartres, ma lettre enflammée et les échanges réguliers par SMS.
Il est également vrai que, depuis notre deuxième entrevue, avaient germés en elle, peut-être pas les

graines de l'amour, ou du désir, mais du moins un certain intérêt à mon égard.

Je devais m'en rendre compte juste avant son départ pour le Brésil, quand depuis l'aéroport, et à minuit qui plus est, je reçus le message suivant:

« Un petit message avant le grand départ :-) Je vais rencontrer des luthiers peu communs, je penserai bien à toi et on se verra à mon retour. Mais peut-être qu'on pourra rester en contact via messages ces prochains mois :-) Prends bien soin de toi, bise !! »

Vous conviendrez que ce n'est pas le genre de message qu'enverrait une professionnelle à son fournisseur ?

Quelques tentatives infructueuses de prise de contact plus tard, nous réussissions finalement à nous joindre par WhatsApp, que j'avais fraîchement et non sans peine installé sur mon smartphone détesté, qui s'illustre dans la transformation de la moindre petite manipulation en corvée. Il en sera d'ailleurs question plus tard, de ce gadget insupportable et partiellement responsable de la situation morose dans laquelle je me trouve aujourd'hui.

Nous échangions d'abord par messages, puis assez rapidement nous nous sommes appelés.
Ce fut lors de ce premier coup de fil que j'appris les déboires émotionnels de Vahine - et quel bordel prodigieux c'était !

Confidence contre confidence, je lui parlais d'abord de mes errements sentimentaux à moi, qui par ailleurs semblaient bénins comparés à ce qu'elle s'infligeait.

Pour ne pas vous perdre ou vous étonner du fait que nous parlions de nos histoires de cœur tout de go, il faut que je vous éclaire : nos échanges entre sa venue à l'atelier et son départ pour le Brésil, au début de l'été, avaient lieu au moment de ma séparation. J'en avais gros sur le cœur, et vu que j'avais initié notre contact par une lettre d'amour, je me sentais légitime à lui parler sentiments de façon décomplexée, ce qui ne semblait d'ailleurs la gêner aucunement, bien au contraire.

Aux dernières nouvelles, qui remontaient à sa venue à Albi - fin mai, si je ne m'abuse - elle était depuis plusieurs années en « couple libre » avec un Monsieur - ou devrais-je dire un mentor ? - de vingt huit ans son ainé, donc quatorze ans plus vieux que moi-même.

Je savais que ça ne se passait pas à merveille (est-ce qu'une telle configuration peut se passer à merveille ?), ce qui à l'époque m'avait donné quelque espoir en vue de son éventuelle installation à Albi, déjà pressentie pour son retour du Brésil.

Le décor étant planté, je reviens à notre coup de fil France-Brésil (qui se solda par un match nul, un par-tout).

Juste avant son départ, elle s'était amourachée d'un musicien brésilien rencontré en France, Bacù, qui lui, le Brésilien, était resté en France, tandis qu'elle, la Française, partait pour le Brésil.

Le temps qu'elle rentre en France, il devait repartir au Brésil, faute de prolongation de son visa touristique. Il aurait suffi d' un PACS - méthode sûre et indolore pour faciliter l'administration d'un couple, éprouvé deux fois par moi-même - pour qu'il puisse rester. Mais le fait que lui-même était déjà marié au Brésil, rendait cela impossible.

Bacù n'avait à cette période pas envie d'envisager un divorce. Non pas qu'il aurait souhaité conserver son épouse brésilienne, mais il pensait avoir mieux à faire de son temps que de le perdre en broutilles administratives. Car c'est ainsi, en tant que petite formalité de rien du tout, qu'il présenta à Vahine ce divorce, qui pouvait alors attendre la survenue d'un moment plus propice. Je me permis de douter très fortement de ses dires, car dans un pays catholique jusqu'à la moelle, la dissolution du sacrement de mariage ne peut représenter un obstacle mineur à franchir pour qu'un homme vive ses rêves de promiscuité en toute légalité, sans parler de moralité.

Bref, je n'avais pas de solution miracle à ses doléances amoureuses, ni elle aux miennes.

Quelques semaines passèrent avant que je n'aie à nouveau de ses nouvelles. Bizarrement, dans cette période d'échanges très sporadiques, elles tombèrent le matin du jour où je reçus également le sms de Kati, me rassurant au bout d'un mois de silence, qu'elle ne m'avait pas oublié. Bien sûr j'y vis un signe.

Mais revenons à Vahine. Le décor avait changé. Lors de cet échange, il n'était guère plus question de son barde brésilien resté en France, mais de son compagnon de voyage, Dave, qu'elle avait à peine mentionné dans notre précédent échange. Il se trouvait que le pauvre bougre était tombé amoureux de Vahine, ce qui me semblait tout à fait compréhensible, et d'autant plus qu'il partageait sa vie vingt quatre sur vingt quatre et sept sur sept en tête à tête depuis le début du voyage, soit six semaines environ.

Vahine, telle une preuse chevalière d'antan fidèle à son dulciné resté au loin, ne pouvait pas répondre favorablement à l'amour de son compagnon de route, ce qui fatalement créait des tensions de moins en moins vivables.

C'était évident - si elle se montrait froide, Dave allait être blessé dans ses sentiments, devenant aigri et agressif, si par contre elle se montrait amicale et avenante, il allait se faire de faux espoirs. Le voyage au Brésil allait inextricablement tourner en voyage en enfer pour ce jeune homme éperdument et malheureusement amoureux.

Là où Vahine m'avait alors vraiment médusé, c'est quand elle m'a avoué avoir su que Dave était amoureux d'elle avant le départ, et qu'elle avait présumé que tout allait certainement bien se passer malgré cela, que ce n'était qu'un menu détail sans incidence. Quelle candeur et quelle naïveté !

De ma part également, car au plus tard en apprenant cela, j'aurais été bien avisé de la rayer du casting de mon rêve fantasmagorique sexuel. Mais on

n'échange pas les personnages d'un rêve comme on échangerait les personnages d'un casting, justement.
Il était de toute façon trop tard pour cela, car lors de cette même conversation par messages, pour lui changer les idées, pour la surprendre et la draguer, j'ai laissé échapper la confidence qu'elle était l'une des protagonistes de l'auto-fiction érotique qui était en train de prendre vie sous mon clavier. J'étais dedans jusqu'au cou et que je n'y tenais plus, je voulais savoir comment elle allait réagir, et quelle tournure cela allait donner à mon fantasme et son récit.
Sa réaction ne pouvait être indifférente. La voici :

« Hahaaa nooon ! J'y crois pas ! T'es vraiment dingue ! J'allais dire « J'espère que tu écris bien au moins », mais oui en fait, si je repense à ce que tu m'as envoyé après Chartres.
MOUHahahahaaaaa - j'en peux plus de rire ! T'es ouf. :-) :-) :-)
Tu me le feras lire quand il sera fini ? »

Elle était hameçonnée - je me sentais pousser des ailes, et je présageais que je n'aurais aucun mal à éliminer mon rival brésilien au combat pour ses faveurs, soit par K.O., soit par points, ou tout simplement parce que Bacù serait dans l'impossibilité physique de se présenter sur le ring.
Puisque l'issue de mon fantasme devait être fatale de toute façon, je pouvais tout aussi bien me faire une raison de vouloir m'envoyer en l'air avec celle qui semblait bien être la fille aux relations les plus alam-

biquées qu'il m'ait été donné de rencontrer en mes quarante deux ans d'existence.

Je dis ça, parce qu'à ce moment-là, je ne présageais rien encore des complications qui allaient m'attendre avec Kati…

******

En d'autres lieux, j'ai déjà mentionné l'extraordinaire et enviable liberté dont jouissent, ou plutôt que s'accordent, Vahine et Kati. Récemment, des rencontres avec d'autres représentants de cette tranche d'âge de jeunes trentenaires m'ont fait prendre conscience qu'elles ne constituent point des cas isolés. Cette fameuse génération Y, ou les « millenials », à cheval entre ma génération et celle de mes enfants, est empreinte d'une liberté et d'une nonchalance inouïes. Les Y n'ont réellement ni dieu ni maître, ils se fichent des hiérarchies comme des conventions sociales, leur liens et attaches sont choisis et non subis, ils les font et défont au gré de leurs envies, ils pratiquent et vivent au quotidien le refus de la consommation que nous nous contentions de revendiquer. Ce n'est d'ailleurs pas par choix, ils sont nombreux à débarquer dans la précarité par défaut une fois leurs formations professionnelles terminées - si tant est qu'ils les finissent. Et pourtant, ils arrivent à ne rien se refuser, entre le système D, l'entraide, et la frugalité. Ils se moquent éperdument des lendemains qui chantent, car ils vivent une succession d'aujourd'hui qui fredonnent.

Mais il y a un revers à cette médaille, car d'autre part, ces jeunes gens manquent souvent cruellement de perspective, de positions et d'idéaux affirmés ; ils changent de projets, d'envies et d'opinions comme d'autres changent de chaîne télé. Avec cela, leur fiabilité peut se révéler désastreuse voire inexistante, leurs décisions compter pour des cacahouètes, et les conséquences de leurs actes ne semblent les intéresser que très distraitement.

C'est ce que je devais apprendre en fréquentant au quotidien ma reine sans royaume et mon ange perdu. Car en réalité, le laps de temps qui devait mener à mon apothéose a été bien plus long qu'une après-midi estivale...

Revenons à Kati, fraîchement installée dans ma maison et partageant le rez-de-chaussée avec deux autres colocataires, qui ne vont jouer aucun rôle dans ce récit, désolé pour elles. En même temps, elles ne tiennent probablement pas à figurer dans les rêveries lubriques et morbides de leur proprio.

Ayant vécu jusque-là de petits boulots dans des domaines aussi variés que la musique, l'agriculture, la vente d'articles de fête et déguisements et l'animation au sein d'établissements pour handicapés, Kati cherchait désormais à rejoindre une école de théâtre à Albi. Dès son arrivée, elle avait pris rendez-vous pour un entretien.

Ce soir là, depuis mon atelier, je la vis arriver avec sa vieille 4L cabossée et descendre de son tas de ferraille la mine déconfite.

Plein de copeaux (j'étais en train de raboter les voûtes d'un de mes violons, ce qui génère des copeaux fins comme de la laine de bois, qui s'accrochent partout dans les vêtements), j'allais à sa rencontre pour savoir comment s'était passé son entretien, lui demandant si elle voulait boire quelque chose.

Je lui servis alors un grand verre de sirop de sureau fait maison, nous nous assîmes sur les tabourets de part et d'autre de mon grand établi sur lequel elle s'accouda, m'offrant une jolie vue plongeante sur son décolleté.

« Je suis trop vieille, me dit-elle.

- Pardon ?

- Ils m'ont demandé si j'avais déjà fait du théâtre, et quand j'ai répondu que non, ils m'ont dit que j'étais trop âgée pour commencer l'école.

- Mais c'est n'importe quoi ! Pourquoi tu irais dans une école pour apprendre ce que tu sais déjà faire ? Et puis tu as tout juste trente ans passés, et au théâtre on a justement besoin de gens de tous les âges pour tenir les différents rôles.

Je connaissais ce fonctionnement de la part des conservatoires de musique, où la fixette sur la jeunesse des aspirants pouvait encore vaguement se justifier par le fait que plus jeune, on est sensé apprendre plus vite - ce qui par ailleurs n'est pas toujours le cas.

- Peut-être qu'ils préfèrent grimer des ados en grabataires, je ne sais pas moi, fit-elle remarquer.

- Et maintenant, tu fais quoi ?

- Il y a encore une autre école de théâtre à Albi, j'aurai peut-être plus de chances là-bas. »

Son regard bleu était toujours un peu mélancolique, mais là, elle me faisait vraiment de la peine.

Me penchant au-dessus de l'établi, je caressais timidement son avant-bras au fin duvet blond, ce qu'elle me laissa faire sans broncher.

« Tu veux monter manger avec moi ? Mon frigo déborde, j'ai du mal à gérer les quantités pour une personne, j'ai trop pris l'habitude de faire des courses familiales. »

Elle acquiesça de la tête en me gratifiant d'un sourire triste, et il me semblait voir luire des larmes dans ses yeux.

Nous montâmes à la cuisine et je commençai par entailler et faire dégraisser dans une poêle un énorme magret de canard « fermier » que j'aurais eu bien de la peine à manger tout seul.

Une fois la couche de graisse collante majoritairement fondue pour se transformer en une appétissante croûte dorée striée diagonalement, je sortis le magret de la poêle pour le poser entre deux assiettes.

« Je peux faire quelque chose ? » me demanda Kati, qui jusque-là m'avait regardé dans un silence gêné, tout en inspectant ma cuisine quelque peu dépouillée depuis le départ de mon ex, plans de travail en marbre désertiques, et placards à moitié vides.

« Ah oui. Si tu veux bien descendre dans le potager et ramasser quelques tomates, un concombre, un poivron ou deux et un peu de persil pour faire une salade ? »

Je lui passai des ciseaux et elle s'éclipsa, sans doute contente de pouvoir s'occuper.

Ayant une idée lumineuse, je lui lançais alors depuis la fenêtre de la cuisine : « Et un peu de menthe ! »

Pendant ce temps, j'avais lavé et égoutté les pommes grenaille (là encore, j'en avais acheté pour un régiment) pour les mettre sous couvercle dans la graisse du magret, et ça crépitait joyeusement, embaumant la cuisine d'une odeur qui nous mettait l'eau à la bouche. Lui passant saladier, planche à découper et couteau, je la priais de s'occuper de la salade, et m'équipant pareillement, je me mettais à couper en dés deux citrons verts. Regardant d'abord les agrumes, puis la menthe, elle haussait les sourcils, me demandant : « Mojito ?

- Mojito ! »

Son humeur sembla soudainement s'améliorer.

La salade avançait bon train, et pendant qu'elle épluchait, coupait, émincait, hachait et taillait, je me mis à piler deux bacs de glaçons. Nos langues peinaient toujours à se délier. Foutue timidité !

« Où est-ce que tu planques ton huile d'olive et ton vinaigre ?

- J'ai mieux, je vais m'occuper de l'assaisonnement. »

Du fond d'un placard, je sortais une bouteille d'huile d'argan alimentaire offert par une amie marocaine, j'en mis un filet ainsi que quelques éclaboussures de sauce soja, agrémentais d'une pincée de grains de poivre de Sichuan et quelques baies rose, assaisonnais de sel et poivre fraîchement moulu, et j'achevais

notre coproduction en râpant quelques copeaux de parmesan par-dessus.
« Il n'y pas qu'huile d'olive et vinaigre dans la vie ! »
Ça eut l'air de plaire à Kati, qui couvrit le saladier et le mit au frigo.
Pendant que les pommes grenaille finissaient leurs ablutions rituelles dans la graisse de canard, je pris le temps de finir le mojito. J'en préparais une belle dose, dans un pichet, et nous nous servîmes deux premiers verres en apéritif, le temps que j'assaisonne de poivre, sel, persil et muscade les pommes grenailles, puis remette le magret dans sa propre graisse pour le cuire verso. Tout en surveillant la cuisson du défunt volatile et en sirotant nos cocktails, je m'enquis si Kati aimait le vin rouge, à quoi elle rétorqua qu'elle adorait ça. Opportuniste comme un garçon qui souhaite draguer se doit de l'être, j'incluais ce point à ma stratégie.

Nous installâmes alors la table au salon, nous assîmes devant nos assiettes et nous servîmes à manger. La gêne nous suivit de la cuisine pour s'installer à table avec nous, et nous commençâmes à mastiquer en silence en nous jetant par dessus les assiettes et casseroles des regards timides et vite détournés.
« Ça va ? » choisis-je comme entrée en matière on ne peut plus plate.
- Hmm.
…
- T'aimes ? C'est bon ?
- Hmm.

…
- Je te sers déjà la salade à côté des patates ?
- Mh-hmm.
- Tu aimes l'assaisonnement de la salade comme ça ? Ça change, non ?
- Mh-hmm. Mmmmh. »
…
Normalement, dans ce genre de situation on dit qu'un ange passe, mais celui-ci était carrément installé à table avec moi, et le moins qu'on puisse dire c'est qu'il n'était pas bavard.
Je levais alors mon verre de mojito pour porter un toast :
« Aux trop vieux ! »
Voilà qui fit enfin sourire et se détendre l'ange mélancolique et mutique en face de moi. Après une grande gorgée, elle me chambrait :
« C'est l'hôpital qui se fout de la charité.
- Tu crois pas si bien dire, avant l'avènement de la médecine et de l'hygiène, à quarante ans passés, j'aurais déjà été un vieux débris.
- Et moi une multiple maman d'âge respectable. Ou déjà morte en couches depuis belle lurette. C'est dégueulasse.
- Finalement tu ne t'en sors pas si mal, même sans place à l'école de théâtre pour mineurs. »
- C'est sûr ! »

Au cours du repas, lubrifiées par le mojito, nos langues se déliaient finalement à vue d'œil, ou plutôt à ouïe d'oreille.

Kati me parla de ses doutes, de sa quête d'elle-même, de son incapacité à se satisfaire d'une situation, de pousser plus loin et de persévérer dans ses ambitions. Ces tares lui avaient joué de mauvais tours dans la vie, autant sur le plan professionnel qu'amoureux. Que ce soit compagnon ou travail, elle semblait ne pas être capable d'aller au-delà d'une vague période d'essai d'une petite année. Cet enchaînement de déceptions avait fini par saper sa confiance en elle, pas bien solide au demeurant, elle qui avait pourtant à ses dires été une enfant si joyeuse, et il est vrai que son spleen apparent était toujours teinté d'entrain, lui donnant cet air suspendu entre-deux. Tout ange qu'elle était, elle semblait hantée par son lot de démons.

Vers le milieu du repas, faisant tous les deux preuve d'une belle descente, nous arrivâmes à court de carburant, ce qui n'est jamais une bonne chose, surtout en pleine tentative de séduction - qui par ailleurs ne se présentait jusque-là pas sous les meilleures auspices.
« Tu aimes le vin rouge ?
- Tu m'as déjà posé la question.
- Excuse moi, je perds les boules !
- Je ne l'espère pas, tout de même, riait-elle.
- La boule, je voulais dire - la boule !
- C'est vrai que souvent chez les mecs, les deux - ou trois - sont interchangeables. »
Elle n'allait pas m'avoir avec ce genre lieu commun !

« Vous autres femmes êtes juste jalouses parce que vous n'arrivez pas à cogiter avec vos vagins.
- Penses-tu ! »
Enfin, grâce à un lapsus révélateur, j'avais réussi à l'entraîner sur le terrain glissant où je voulais l'amener.
« Alors là tout de suite, il pense à quoi, ton vagin ? »
En cherchant une réponse, elle piqua un joli fard.
L'alcool me rendant intrépide, je sortis la cavalerie :
« Le temps que tu consultes ton vagin, je vais aller chercher une bouteille de vin rouge comme tes joues - sauf si ton vagin veut me répondre directement ?
- Non mais !
- C'est toi qui a commencé avec les allusions tendancieuses, profitant du fait que ma langue ait malencontreusement fourché. Assume ! »
Avec un clin d'œil, je la laissais là, pantoise.

Le rentre-dedans, il n'y a que ça de vrai, n'est-ce pas, les filles ? Vous nous réclamez de la finesse, de l'esprit, de la délicatesse, des manières, de la culture - mais une fois qu'on en a vaguement fait étalage, vous ne rêvez que d'une chose : c'est que nous autres hommes vous prouvions par les gestes que nous sommes de beaux mâles alpha, capables de prendre leur dû.
Ça vous scandalise ? Croyez-vous que dans ma jeunesse, j'aurais réussi à séduire ne serait-ce qu'une seule d'entre vous en lui dédiant des poèmes, en lui composant des morceaux de piano ou en lui écrivant des lettres de douze pages, mettant mon âme et cœur à nu ? Trop timide à l'époque pour vous enlacer des

bras, pour vous serrer contre mon corps, vous faire sentir ma trique à travers les fringues, en collant un baiser langoureux sur vos jolies bouches, j'ai fait chou blanc un nombre incalculable de fois.

Avec ce genre de nostalgie auto-dérisoire et provocatrice dans la tête, je descendais dans la cave pour chercher une de mes bouteilles de Bourgogne Premier Cru puis remontais tel un conquérant victorieux brandissant son butin.
De retour au salon, je vis Kati figée sur sa chaise d'un air on ne peut moins détendu. A voir sa tête, que toute rougeur avait quitté, la communication boules à vagin semblait sérieusement compromise.
« Benoît, je crois que je vais y aller. Merci pour le repas.
- Mais on n'a pas encore fini. Et le vin, tu ne veux pas le goûter ?
- Non, merci, je ne me sens pas très bien. »
Tout entrain avait quitté son visage, laissant place à la désolation.
« C'est à cause de ma boutade ? Excuse-moi ! »
En une bouchée goulue, le mâle alpha triomphant fut avalé par son Moi timide, farouche et gauche d'antan. Chassez le naturel, il revient au galop !
Ce fut à mon tour de piquer un fard.
Déjà, elle se levait.
Je posai la bouteille.
« Attends, j'ai des trucs dans ma pharmacie, si… »
Elle se posta devant moi, prit mes deux mains qui ballaient inutilement à côté de moi redevenu adoles-

cent, me fixa avec une grande tristesse, et me colla un bécot sur la bouche.

Le temps que je reprenne mes esprits, elle avait lâché mes mains et quitté le salon, en me disant « A plus ! » d'une voix faible et légèrement tremblante.

****

Après cet épisode, nous nous évitâmes soigneusement pendant plusieurs jours. Quand je voyais Kati arriver depuis mon atelier, je faisais semblant de ne pas la remarquer, soi-disant trop absorbé par mon travail. Si elle m'avait observé détournant le regard ostensiblement de la sorte, elle aurait pu remarquer la rougeur qui gagnait mes oreilles à chaque fois. Mais elle était trop occupée à détourner son propre regard, et à vite monter dans l'appartement.

En attendant, je me fis tout un cinéma à l'eau de rose agrémentée de testostérone, mettant Kati en scène en tant que demoiselle en détresse et moi-même en sauveur héroïque : une fois c'était un gigantesque tsunami déclenché par l'explosion de charges nucléaires russes dans les profondeurs atlantiques, pour anéantir le continent sous une inondation prodigieuse, avant que celles-ci ne puissent passer à l'attaque, et je la conduisais en sécurité dans les hauteurs des Pyrénées pour qu'on y affronte ensemble l'apocalypse. Une autre fois je l'imaginais tomber dans un guet-apens de violeurs, pour arriver héroïquement à sa rescousse et mettre les malfrats en fuite, ou leur briser les os - il y avait différentes versions. Enfin, ce genre de profondes bêtises qui prouvent qu'on est en train de tomber amoureux. Peut-être écrirai-je un livre là-dessus plus tard ? Après tout, Hollywood arrive à remplir les salles de cinéma du monde entier avec ces sottises…

Cela dura jusqu'à ce vendredi où on arriva en même temps à la maison, elle des emplettes, moi d'un tour de vélo.
« Tu veux que je t'aide à monter les courses ?
- C'est gentil. Je veux bien un coup de main avec le pack d'eau. »
Nous esquissions des sourires timides, incapables de soutenir le regard de l'autre.
Bien sûr que je pris et le pack d'eau et le sac de courses le plus lourd. Tout ça pour m'accrocher avec l'une de mes godasses et me casser la figure sur les quelques marches menant à la porte d'entrée. Les chaussures de vélo, avec leur grosses cales en plastique sous les semelles, ne sont pas faites pour marcher, encore moins pour monter les escaliers. En vingt ans de cyclisme, cela ne m'était jamais arrivé. Toujours est-il que je m'amochai passablement le genou droit contre l'une des marches en béton, ainsi que les coudes, jetés en avant pour réceptionner ma chute, tout ça sans lâcher les courses de Kati.
Malgré cet héroïsme de circonstance, quelques-uns des fruits et légumes dans le sac n'avaient pas résisté à leur rencontre avec l'escalier.
A l'instar de mon lapsus révélateur qui m'avait offert une opportunité de drague (loupée) lors de notre précédente entrevue, cet accident malencontreux devait à nouveau m'ouvrir des portes.

« Fais voir ce genou, s'inquiéta Kati après avoir posé les courses sur l'îlot de la cuisine.
- Oh, ce n'est rien, grimaçai-je tandis qu'un épais fil rouge se dirigeait vers ma cheville et la douleur lancinante dans mes coudes faisait place au picotement sournois typique des écorchures.
- Allez, ne fais pas ton héros (je ne demandais que ça), et assieds-toi sur le canapé. J'arrive. »
J'obtempérai. Elle revint de la salle de bain avec une trousse de pharmacie d'une taille tellement imposante qu'il était évident qu'elle était fière de s'en servir pour me soigner.
Elle nettoya mes plaies avec de la Bétadine, et je ne pus m'empêcher de remarquer que je ne faisais que moyennement confiance aux désinfectants qui ne piquent pas. Elle ne releva pas et sortit du tulle gras, des compresses stériles et du sparadrap de sa trousse.
« Tu as du tulle gras là-dedans ? Dis donc, tu es équipée.
- Je fais pas mal de longues randonnées en solitaire en montagne, je préfère ne pas me trimballer des écorchures infectées suite à un dérapage sur la caillasse. »
Je la laissai me soigner en profitant de sa proximité qui m'emplit d'une agréable chaleur, et de l'odeur douce de sa peau, en regardant de près ses membres sveltes et dessinés, sa nuque élancée, ses fins cheveux blonds coupés au carré. Cette sensation de chaleur semblait se propager en elle, à nouveau ses joues prirent une jolie couleur rose, et son odeur se fit un peu plus perceptible.

Nos regards se rencontrèrent, nous esquissâmes tous deux un sourire et pour une fois, nous parvînmes à ne pas détourner nos regards.

« Merci, fis-je.

- Pas de quoi. »

Ensemble, nous nous levâmes, je proposai de lui donner un coup de main pour ranger les courses, promettant de ne rien casser de plus.

Les tomates, dans leur sac en papier, avaient pris vraiment cher, et l'écorchure sur la peau du concombre laissait paraître mes éraflures bénignes. Les champignons de Paris semblaient tous avoir été soit émiettés, soit écrasés, et les pêches - enfin, imaginez des pêches se prenant une marche en béton dans la figure.

« Va falloir manger tout ça ce soir, sinon c'est poubelle direct, observa Kati.

- On peut peut-être refaire une tentative de dîner ensemble, j'ai du faux-filet chez moi, et je te promets de ne pas t'importuner avec des remarques tendancieuses. Et puis la bouteille de Bourgogne, je ne l'ai pas encore ouverte. Ça ne se boit pas en solo, proposais-je.

- Ok ! dit-elle avec un sourire enchanté et soulagé, et nous montâmes à l'étage.

- Qu'est-ce que je peux faire ? s'enquit-elle.

- Tu peux commencer à faire la salade ? Je vais à la douche.

- Oui. Fais gaffe à ne pas trop mouiller tes pansements !

- Oui chef ! »

Sorti de la douche et habillé avec soin, je rejoignis Kati dans la cuisine. La salade avait finalement retrouvé une bonne mine toute coupée et assaisonnée qu'elle était, mais la mine de Kati, elle, était grave. Elle semblait avoir des difficultés à trouver des mots, la boule qui encombrait sa gorge semblait lourd et elle luttait pour trouver une prise lui permettant de la sortir.

« Tu sais, l'autre soir… commença-t-elle enfin, inopportunément interrompue par mes justifications :
- Oui, désolé, j'ai été lourd… mais elle me coupa à son tour la parole pour éviter de ravaler son propos pour de bon.
- Non. Ce n'était pas de ta faute. Au contraire, tu m'as fait rire, c'était osé, et j'aime bien les garçons qui n'ont pas froid aux yeux, qui appellent un chat un chat. Voilà. Je t'aime bien. Tu es drôle, beau gosse, original, cultivé, sportif, ton métier me fait rêver, tout ça… et ça me fait peur. Je me suis tellement souvent pris des murs en tombant amoureuse, que je ne veux plus maintenant, je ne veux plus souffrir. »

Ce qu'elle avait difficilement réussi à sortir était très courageux, très gentil, et très décevant à la fois. Elle m'avait en quelque sorte refilé la boule qui l'encombrait. Avec tout ça, mes sentiments naissants prenaient du plomb dans l'aile. Mais je n'allais pas me rendre sans combat.

« A trente deux ans tu veux faire une croix sur l'amour ? Tu n'es pas sérieuse !

- Mais il n'y a pas que ça, murmura-t-elle, le regard tourné vers le sol. Si ça n'a jamais marché, ce n'était pas vraiment de la faute de mes amoureux. »
C'était à mon tour de prendre peur. Je la toisai d'un regard voulant l'encourager à poursuivre.
« Je... enfin...quand j'étais petite... » dit-elle à ses pieds.

Qu'est-ce qui fait que je suis toujours attiré par les sacs de noeuds ? Les complications ne sont pourtant pas quelque chose que je recherche activement, j'aurais même plutôt envie de les fuir. Mais non. Tôt ou tard, toutes les filles qui m'intéressent révèlent des failles - de grosses failles sismiques dans leurs personnalités, prêtes à engloutir tout ce qui est construit dessus, au moindre tremblement, ne laissant que la désolation et le besoin de reconstruire, toujours sur la faille, jusqu'à la secousse suivante.
Et que fais-je au lieu de fuir, de chercher un terrain plus stable ailleurs ? Je m'emploie en tant que géologue du dimanche, je sonde la faille, faisant parler les filles ainsi fêlées, pour gagner un aperçu de la largeur, longueur et profondeur de leur faille. Puis je pose mes valises et commence gaiement à construire une relation dessus comme si de rien n'était.
Est-ce un excès de confiance en moi ? Est-ce que je pense réellement que je pourrais recoller des personnalités ainsi abîmées ? Est-ce que j'ai besoin de leur reconnaissance pour mes vaines tentatives, afin de me valoriser ? Est-ce la vie qui m'envoie ces filles fragiles pour que j'essaie de les consoler ?

Me jetant dans la gueule ouverte du loup (ou dans la faille béante), je la rassurai : « Vas-y Kati, crache le morceau. Qu'est-ce qui cloche ? Un traumatisme d'enfance ? J'en ai vu d'autres, crois-moi. Je ne te jugerai pas. Et puis, si tu gardes tes problèmes pour toi, tu ne les résoudras pas et ils continueront à te ronger de l'intérieur.

- Oui. Je sais. J'en parle. J'ai longtemps été suivie par un psy. Mais le fait d'en parler, ne les fait pas disparaître comme par magie, les problèmes. Et encore moins le passé.

- Ça peut les rendre plus supportables.

- Peut-être. J'en sais rien. Ecoute, on se connaît à peine, en plus, je suis ta locataire. Ce n'est pas très à propos. »

Pour se soustraire à cette conversation qui la mettait mal à l'aise, Kati commença à peler et dénoyauter les pêches écrasées pour les poser dans un bol.

« Tu veux faire une salade de fruits ? m'enquis-je.

- Non, une soupe de pêches.

- Ah. »

Deuxième tentative de ma part - ne sachant même pas pourquoi, car elle avait raison, c'était déplacé qu'elle fasse étalage des blessures de son enfance à son bailleur qu'elle connaissait à peine. Tout ceci prenait une tournure un peu bizarre. Par instinct peut-être, par curiosité éventuellement, par défi probablement, j'insistai pourtant pour la faire parler.

« Tu connais le proverbe : quand la vie te file des citrons, fais-en de la limonade ? On pourrait aussi dire : si la vie écrase tes pêches, fais-en une soupe de pêches.

- Et tu crois que je pourrais faire une soupe à partir des pêches écrasées de ma vie ?
- Pourquoi pas ? Ça se tente. Tu prends tes sentiments abîmés, tu leur enlèves la peau et le noyau, tu en extrais le jus et la pulpe, et tu assaisonnes à volonté. »
Elle cessa d'écraser les pêches, se raidit et me fixa avec défi :
« Et concrètement, si mes pêches abîmées sont des attouchements que j'ai subis par mon père quand j'étais à peine adolescente, comment je fais pour en faire une bonne soupe ? Hein ? Comment je fais pour faire confiance aux hommes, pour ne pas revoir à chaque fois mon papa et ses conneries quand je me retrouve au pieu avec un mec ? »
Le coup fut amorti par le fait que je m'y attendais : considérant qu'une fille sur dix a subi des abus sexuels avant sa majorité, selon les estimations officieuses, il semble impossible de ne pas tomber sur un cas de temps à autres. Surtout moi, apparemment. A ses mots torturés sur ses amours malheureuses, rapportées à son enfance, j'avais déjà deviné quelle anguille au juste il y avait sous roche.
Mais je ne me dégonflais pas, face à ce gros calibre qu'elle dégainait. A nouveau dans un excès de confiance, je présumais avoir réponse à tout. Je crus sincèrement être capable de la guérir de son mal, malgré toutes mes vaines tentatives qui avaient en définitive échouées sur les autres femmes de ma vie.
« Pour commencer, en parlant de ton père en tant que « père », et non pas de « papa ». Ce sont les mots qui donnent forme à nos réalités. Tant que cet homme

qui a abusé de toi a une charge émotionnelle aussi lourde, tu n'es en effet pas prête à sortir de l'auberge. Ça, c'est le noyau de tes pêches écrasées, concrètement. Va savoir si ce ne sont pas des pêches de Stockholm, d'ailleurs.

- Eh oui. Le psy m'a dit la même chose. Enfin. Pas pour les pêches. »

Lancé, je poursuivis : « Ensuite, la douce peau de tes pêches, c'est probablement l'attente que tu as à chaque fois que tu deviens intime avec un garçon, que ce soit doux et rassurant - enfin, le contraire de ce que ça a été avec ton père, mais tu appréhendes tellement que finalement, ce n'est jamais le cas.

- Dis donc, tu as l'air de t'y connaître. C'est arrivé à une fille avec qui tu es sorti ?

- Je ne peux pas l'exclure. Je me suis un peu penché sur le sujet par le passé. C'est surtout un bon ami qui était tombé sur une histoire similaire. Ça a été l'enfer pour lui. Puis il y a des réactions émotionnelles qui sont logiques.

- Depuis quand émotion rime avec logique ? remarqua-t-elle, amère, avant de poursuivre : Alors très bien, maintenant qu'on a défini et enlevé peaux et noyaux de mes pêches abîmées, comme ça, pif paf, en deux minutes, il te reste à m'expliquer comment transformer ces pauvres pêches écrasées, pelées et dénoyautées en une bonne soupe, parce que là - dit elle, en regardant les fruits dans un état similaire dans le bol devant elle - ça fait plus pitié qu'autre chose.

- En les mixant ! rétorquai-je avec un sourire victorieux. La soupe, c'est le cul ! Sans le passé, sans les émotions, sans les attentes. La meilleure façon de ne pas revoir ton « papa » en baisant, c'est de te mettre dans des situations qui sont à l'opposé de ce que tu as vécu avec lui. Il lui a certainement fallu un maximum d'intimité pour passer à l'acte, il a dû faire ça en cachette, en te parlant pour t'amadouer, te manipuler, te menacer.

Alors cherche des situations où tu ferais ça au grand jour, sans parlementer, sans intimité émotionnelle, sans que l'un des partenaires n'ait l'ascendant sur l'autre - voire que ce soit toi qui domine. »

Elle resta interpellée, pensive. Un peu gênée aussi.

Trépidant, je demandais : « Tu as des envies sexuelles ?

- Ah ça, oui !

- Donc il te suffit peut-être de changer complètement de contexte pour vivre ces envies.

- Et concrètement, ça veut dire quoi ? Je veux dire, en faisant abstraction de mes pêches écrasées ? Aller m'envoyer en l'air dans un club libertin ?

J'avais envie de la provoquer, de la pousser dans ses retranchements : « Ce serait contraire à ta religion ?

- A priori non, puisque je n'en ai pas. Tu l'as déjà fait ?

- J'ai déjà mis mon nez dans ce genre d'établissement, mais je suis très loin d'être habitué et encore moins adepte de la chose. Cette approche, ton psy ne t'en a pas parlé, de casser la peur en dissociant justement sexualité et intimité ? C'est peut-être contraire à sa religion à lui ?

- Ou peut-être que c'est un mauvais psy, et toi tu en es un bon, c'est-ce que tu veux sous-entendre ?

- Ah non, ricanai-je, moi je ne suis pas psy du tout. Juste un peu taré.
- Bon Monsieur Le Taré, peut-être pourrions-nous commencer par faire de la musique, comme c'était prévu au départ, plutôt que de nous pencher sur mes problèmes de pêches, ou de péché, ou d'être pécho ? » conclut-elle avec un regard interrogateur où se mêlaient incertitude, énervement et fébrilité.

Le temps que j'allume le barbecue pour cuire le faux-filet et qu'elle mixe et assaisonne cette soupe de pêches désormais chargée de toute une symbolique, il fut décidé de nous pencher sur le premier mouvement de la sonate « Printemps » de Beethoven pour piano et violon. Pour déchiffrer, nous étions tous les deux un peu à la ramasse, mais au bout de trois ou quatre répétitions des deux premières pages, ça commençait à ressembler à... la sonate « Printemps » de Beethoven. Vaguement.
Quand on arrive à faire honneur aux œuvres que l'on interprète, la musique de chambre est un art magnifique, une communication intime par instruments interposés, une évocation de la beauté à quatre mains et deux cerveaux. Mais pour l'instant nous n'en étions pas là, nous contentant de lutter avec les notes.

Jouer du Beethoven pour charmer une fille, c'est commettre une injustice, c'est manquer de respect au compositeur. Le pauvre bougre n'avait pas eu de chance avec les femmes, amoureux de filles qui étaient trop jeunes ou d'une stature sociale supérieure à la sienne et souvent les deux à la fois. Lui-

même était certainement beaucoup trop cérébral et grave pour les petites minettes nobles et frivoles de son époque. Néanmoins, c'était toujours plus respectueux que de jouer du Schubert pour séduire ; lui qui, suite à l'un des rares coups qu'il réussit à tirer, à l'âge de Kati, succomba à la syphilis…
Et moi alors, de quoi je me plains ? J'ai eu quelques belles relations, dont l'une m'a donné deux enfants pas trop ratés - c'est déjà bien plus que ce qui a été accordé à Beethoven et à Schubert.
Mais eux, au lieu de descendance, ont été dotés de génie (c'est d'ailleurs à se demander si les deux ne sont pas antinomiques…) Toujours est-il que, s'il y a bien une raison noble de vivre, c'est le génie, la capacité à léguer à l'humanité toute entière des oeuvres immortelles. Cependant, même avec le génie en allié, ils s'étaient bien gardés de pousser jusqu'à la décrépitude, Franz et Ludwig. Sans parler de Wolfgang Amadeus qui lui, par contre, n'avait pas manqué de copieusement s'envoyer en l'air avec la gente féminine avant de hâtivement tirer sa révérence.

Au bout de quelques répétitions du Printemps, la braise rougeoyait joliment sur le barbecue du balcon, et nous mîmes ce gros faux-filet juteux à cuire. Pour patienter, nous nous abstînmes de fumer des cigarettes, comme le font à pareille occasion les non-fumeurs, afin de nous permettre d'apprécier la senteur de la viande sur la grille à sa juste valeur.
C'était le moment rêvé d'ouvrir la bouteille de Bourgogne (enfin, non, le moment rêvé eut été deux heures avant) et de déguster ce Premier Cru. Au

même titre que sur un bon accord mets-vin les saveurs se mélangent dans la bouche, le fumet d'un barbecue peut avantageusement se mêler au bouquet d'un vin fraîchement débouché, ajoutant charpente, épice et chaleur aux notes fruitées et terreuses.

N'en déplaise aux fumeurs, qui passent à côté de ce genre de découvertes sous prétexte de se ruiner les poumons en même temps que l'odorat, me fit remarquer Kati.

Animé d'une drôle de superstition pourtant contraire à mes dispositions, en m'installant à table, je pris la place que Kati avait autrefois occupée, lui attribuant celle sur laquelle je m'assois d'habitude.

Si le repas commençait dans une configuration changée, peut-être qu'il se terminerait aussi différemment.

La cuisson de la viande était parfaite, bien saisie à l'extérieur, tendre à l'intérieur, juteuse, et d'une saveur exquise, soulignée par le Bourgogne qui diminuait à vue d'oeil, ou plutôt à goût de bouche.

« Au fait, Kati, comment se sont passés tes entretiens dans l'autre école de théâtre ? » C'était déjà mieux comme entrée en matière que le « Ça va ? » de la fois précédente.

« Ah, je n'y suis même pas allée. Trop dégoûtée. J'ai trouvé un boulot dans une bibliothèque de quartier dans le nord Albigeois, et en attendant, j'ai rejoint une troupe de théâtre amateur. Comme ça, si je refais une tentative d'inscription l'année prochaine, je pourrai faire valoir que j'ai déjà de l'expérience en tant que comédienne.

- Bien vu ! Et en quoi consiste ton travail à la bibliothèque ?
- Boulot d'accueil standard. Faire des recherches de livres, éditer des cartes d'adhérent, relancer les retardataires…
- Faire « chut » quand le niveau sonore devient trop important ?
- Oui, ça aussi. », sourit elle.

Ainsi se déployait notre conversation - légère, banale, inoffensive, insipide. Je pense que je la regardais parler plutôt que de l'écouter. Le jeu des expressions de son visage d'ange perdu, l'apparition puis la disparition des ridules autour de ses yeux et aux commissures de sa bouche, le mouvement et la lueur de ses iris bleus, le battement de ses paupières de rêveuse, le grain de sa peau, le hâle de ses joues, l'alignement presque impeccable de ses dents derrière ses lèvres pleines et boudeuses, ses canines pointues, son fossé nasal prononcé, tout cela avait largement plus d'intérêt que nos échanges verbaux et verbeux.

Quand elle me posa des questions sur mon travail, je lui répondis en mode automatique, tellement j'avais l'habitude de réciter mon texte de présentation déjà rabâché des centaines de fois. J'étais étonné de l'intérêt que cela suscite chez mes interlocuteurs, et Kati ne fit pas exception.

A deux ou trois reprises, j'essayais lui faire du pied pendant qu'elle me parlait de tout et de rien, mais tout ce que je réussis à oser furent des effleurements furtifs et timides de son jean du bout de la chaussure.

La précédente soirée s'était peut-être terminée en fiasco, mais celle-ci constituait un autre genre d'épreuve - l'issue malheureuse ne se profilait pas dans l'éclat, mais dans l'usure, davantage pour moi que pour Kati, qui semblait même plutôt rassurée par la tournure stérile et barbante que prenait la conversation (on en était à l'obtention des allocations logement).

Même la soupe de pêches en dessert, chargée de toute une symbolique exorciste, ne parvint pas à donner profondeur et intérêt à nos échanges. D'ailleurs, elle n'était pas terrible. On approchait la fin de la saison des pêches, et celles-ci étaient farineuses, ce que leur transformation en soupe n'avait pu camoufler. Si bien que nous ne finîmes pas notre dessert, mais sans pour autant commenter ses défauts - on dirait que c'était (re)devenu un tabou.

Après le repas, un autre ange passa, et celui-ci, Kati semblait bien résolue à lui emboîter le pas pour quitter mon antre.

« Benoît, je crois que je vais y aller. Merci pour le repas. » dit-elle en se levant, les mêmes mots que la fois précédente. Mais sans le teint blafard et la voix tremblante. Je n'étais pas sûr pour autant que cela signifiait une amélioration.

Dans un sursaut de courage, cette fois-ci je me postai devant elle, prenant ses mains dans les miennes.

« La dernière fois, tu m'as fait un bisou avant de partir.

- Ah oui, c'est vrai. » se souvint-elle avec un sourire énigmatique, mais sans broncher pour autant. Alors je m'approchai d'elle les yeux clos, mes lèvres cher-

chant les siennes. Et elles se trouvèrent, avec un effleurement doux et timide. J'entrouvrais légèrement les miennes, et les siennes suivirent le mouvement. Voilà qui était mieux que la soupe de pêches.
Ce n'est que quand je l'enlaçai et frôlai ses lèvres du bout de ma langue qu'elle se dégagea, me repoussant gentiment mais sans équivoque, en me disant : « A très bientôt ! » avec toujours ce sourire énigmatique.

Me voilà pas plus avancé qu'après notre premier repas. Cette fille était insaisissable, et manifestement bien compliquée, au regard de ce qui lui était arrivé. Déçu, triste, empli de la douce nostalgie de ce baiser mort trop jeune, je débarrassai la table, buvant le petit fond de vin qu'elle avait laissé dans son verre. Ensuite je traînai mes pas vers la chaine hifi, cherchai le CD Voyage d'hiver de Schubert dans ma collection, et m'affalai sur le canapé.
Là, je rendis justice à Schubert. Je n'étais pas en train de draguer une fille sur sa musique, je la pleurais. Personne n'a jamais réussi à mettre aussi bien en musique des amours déçues et impossibles que Schubert, notamment dans les cycles Voyage d'hiver et La belle meunière. En plus, il a réussi l'exploit de créer cette profondeur du désespoir sur des poésies médiocres, se servant des paroles vides de récipients à remplir d'émotion jusqu'au débordement.
Contrairement à La belle meunière, qui suit toute l'évolution du coup de foudre jusqu'au suicide, le Voyage d'hiver s'installe d'emblée dans une ambiance plombée, qui chemine jusqu'à la perte de tout espoir.

Voilà exactement ce qu'il me fallait pour me vautrer dans l'état dans lequel je me trouvais, tel un soûlard dans le caniveau.
J'ai dû m'endormir vers le milieu du cycle.

******

Dans le silence suivant la fin du CD, une présence me réveilla.
Je clignai des yeux dans la lumière du salon qui était restée allumée, et j'eus une angélophanie. D'un séraphin en petite robe noire. Ce que j'avais pris pour des ailes blanches se trouvait être les vitres dépolies de la double porte du salon dans son dos, mais une fois cette illusion dissipée, d'autres détails m'apparurent. Contemplant l'apparition du bas vers le haut, je vis que l'ange portait aussi des escarpins noirs lacés jusqu'à la naissance de ses mollets fuselés, qui vers le haut laissaient la place à une paire de cuisses nues, sveltes et galbées, qui à leur tour disparaissaient sous la petite robe moulante. Elle semblait être en velours, descendant à peine plus bas que la culotte (si culotte il y avait), marquant la taille fine qui se trouvait au-dessus de hanches minces, la robe était lacée sur les côtés et dans le dos. Le décolleté en V mettait au jour partie d'une paire de petits seins ronds et fermes, pour finir en deux fines bretelles disparaissant sous un ras de cou, en velours également.
Au-delà de ce collier, le maquillage et la coiffure rendaient le visage étranger, à des milliers de lieues de l'idée que l'on se ferait d'un angelot.

Ses cheveux, plaqués en wet look contre le crâne, suivaient la courbe élégante de sa nuque pour dégager ses oreilles ornées de grandes spirales dorées.

Ses lèvres avaient pris une teinte rouge corail, les yeux, d'habitude rêveurs, étaient d'une intensité hypnotique grâce au liner et au mascara appliqués généreusement. Mais le plus troublant était ce phare à paupières d'un rouge ravageur assorti aux lèvres, apposé abondamment sur le pourtour des yeux et lui donnant un regard d'ange fatal, sauvage, sorcier, mangeur d'hommes.

Elle était d'une beauté à damner un saint. Ou à le faire monter au septième ciel.

« On y va ? » demanda-t-elle, et son sourire énigmatique était toujours sur son visage, qui lui, n'était plus le même.

Je clignai des yeux, puis les frottai du dos de la main, mais l'apparition ne semblait pas vouloir s'évaporer, restant debout devant moi, outrancièrement belle.

« Allez, debout, grouille, vu que tu t'es déjà mis sur ton trente et un pour moi, tu n'as plus qu'à te coiffer, te brosser les dents, et on est partis. »

Je m'assis péniblement, mais elle s'approcha de moi, attrapa l'arrière de mon crâne pour tourner ma tête vers elle, se pencha et m'embrassa sur la bouche à pleines lèvres. Son parfum, capiteux, aux notes de fruits interdits, m'envoûta. Me regardant jusqu'au fond des yeux, elle susurra :

« Notre soirée libertine et ma délivrance sexuelle nous attendent. J'ai envie de soupe de pêches. Tu ne vas pas me faire faux-bond ? »

Ma réponse fut sans détour et se présenta sous forme d'une belle érection. Il ne m'en fallait pas plus pour me réveiller. Je m'exécutai, me jetai quelques gouttes d'eau froide dans le visage, un passage de déodorant, un peu de cire dans les cheveux pour un look coiffé au pétard, et moins de cinq minutes plus tard, nous fûmes installés dans ma DS4 poubelle mobile.

Pendant le repas j'avais dévoré des yeux son visage de séraphin des yeux, à présent je me repaissais de tout son corps de succube. En s'asseyant, sa robe remontait juste assez peu pour garder intact le secret à propos de la présence ou non d'une culotte.
« Kati, tu es... renversante !
- Regarde plutôt la route, sinon c'est toi qui vas renverser quelqu'un ! » ria-t-elle.
Son accoutrement me mit un doute. « Tu m'avais posé la question, mais en fait : pour toi, est-ce la première fois que tu mets les pieds dans un club libertin ?
- Qu'est-ce que tu vas t'imaginer ? La petite Kati toute abîmée dans son âme, à la recherche désespérée du doux prince qui lui fera enfin découvrir les joies de la chair, allant s'envoyer en l'air dans une boîte de cul ? me moqua-t-elle.
- Mais je n'en sais rien, moi ! me défendis-je.
- A ton avis ?
- Non.
- Ok, comme ça au moins je connais ton avis.
- Hé, c'est pas juste ! »

En guise de réponse, elle rit de nouveau, de ce tintement de clochettes qui trahissait l'ange perdu derrière l'ange fatal.

J'ignore comment elle s'était débrouillée, mais toute timidité, toute gêne et tout spleen s'étaient comme volatilisés, elle était survoltée, ses yeux lançaient des étincelles du milieu de leur brasier de phare rouge. Peut-être prenait-elle des trucs ? Qu'est-ce que j'en savais, nous avions passé à peine quelques heures ensemble. En tout cas, elle ne me proposait rien d'illicite.

Le club libertin se trouvant à la campagne, dans un vieux château à moitié réhabilité, nous avions un peu de route devant nous avant d'y arriver.

« Alors, quel est le programme ? me demanda-t-elle.
- T'es sérieuse, là ?
- C'est toi le capitaine, c'est toi qui a proposé, alors dis-moi un peu à quoi m'attendre, comment ça va se passer, à quelle sauce je vais être mangée ? »

Au ton sur lequel c'était dit, elle pouvait tout aussi bien se payer ma tête qu'être sérieuse, ce qui aurait finalement répondu à ma question. Mais il n'y avait pas moyen de le savoir, donc je décidai de donner une réponse décalée.

« C'est un peu comme une soirée concert plus disco, mais à l'envers. Tu commences par le slow. Ensuite viennent des danses plus rythmées, pour chauffer les corps et envoyer valser soutifs et autres accessoires textiles superflus. Puis on quitte la piste de danse, on passe par les vestiaires…
- Pour se déshabiller bien évidemment, puisque tout se passe à l'envers ! observa-t-elle.

- Bien sûr ! Ensuite, on s'installe dans la salle pour assister à l'ouverture, qui elle ne saurait être à la fin, désolé. Ouverture donc des soutifs qui restent, des braguettes, des capotes, des vagins, des appétits sexuels... Après quoi vient habituellement un concerto pour solistes ou petit ensemble, orchestre de chambre, ou de back-room plutôt. Il y a toutes sortes d'instruments qui se jouent à la bouche et aux doigts. L'entracte se passe du « entr », c'est un acte, ou des actes tout court. Puis, si tout se passe bien, ça finit en grande symphonie à plusieurs mouvements - horizontaux, verticaux, croisés ou superposés. S'il y a un rappel, ça se passe souvent au retour à la maison, entre solistes et à l'exclusion du public.
- Ah oui, ouverture, concerto, entracte, symphonie, bis, disco, slow, ça ressemble en effet à des soirées dont j'ai l'habitude. Je devrais me sentir comme un poisson dans l'eau. Dis... me relança-t-elle un peu plus tard, avec un soupçon d'appréhension dans la voix : Si un mec qui ne me dit rien qui vaille commence à me tourner autour et à me tripoter, je peux l'envoyer paître, il ne va pas mal le prendre ou insister lourdement ? Je la rassurai :
- Non, les libertins sont très respectueux, si les femmes risquaient de s'y faire violer, ces établissements n'auraient pas le succès qu'on leur connaît. Ce sont d'ailleurs plutôt les filles qui choisissent leurs partenaires. »
Sa dernière question avait finalement répondu à celle qu'elle avait tenté d'esquiver. C'était bien sa première en club libertin.

Nous arrivâmes en haut de la colline où se trouvait le château en pierre de taille du dix huitième siècle, dans son écrin de village construit en pierre naturelle de la même espèce. Nous nous attendions à voir bon nombre de voitures de luxe stationnées le long des routes menant au haut lieu, faisant inconsciemment le lien entre luxe et luxure, mais il y avait là, en gros, le même parc automobile qu'on trouverait sur un parking de supermarché.

Des femmes portant des tenues similaires à celle de Kati, très sexy, très ajourées, et très sombres, parfois agrémentées de bas résille ou de quelques touches de couleurs, sortaient de leurs berlines familiales accompagnées de messieurs également habillés principalement en noir, en pantalons et chemises. Ma tenue, un jean beige, des souliers marron et une chemise ajustée rayée marron et noir ressortait un peu, mais sans faire tache pour autant. Hommes et femmes dévisageaient ostensiblement Kati lorsque nous nous dirigeâmes vers caisse et vestiaires. Une musique étouffée de dance-floor quelconque nous parvint depuis la piste de danse.

Grand seigneur, je voulus inviter Kati, mais elle insista pour régler sa propre entrée, extirpant son petit porte-monnaie d'une banane bleue en nylon, qui tranchait grotesquement avec sa tenue. Est-ce que cette petite robe scandaleuse lui appartenait seulement ? Elle aurait eu le temps de l'emprunter à une amie pendant que je m'étais endormi dans les paysages hivernaux schubertiens.

A présent, nous étions à des milliers de lieues de ces contrées romantico-nostalgiques, dans une salle tamisée, chaude, vaporeuse, munie d'écrans de part et d'autre de la piste de danse sur lesquels des scènes pornographiques d'une réalisation très soignée étaient projetées, un bar revêtu de velours bordeaux était tapi dans le fond. A côté du comptoir, l'accès aux back-rooms, signalé par un élégant pictogramme sur plaque d'étain d'un couple baisant en levrette. A sa droite, le même genre de pictogramme plus usuel désignait douches (mixtes) et toilettes (pas mixtes) pour messieurs et dames.

Plusieurs tables basses noires aux larges fauteuils bordeaux étaient disposées sous les écrans et au fond de la salle. Sur des colonnes noires aux coins de la piste de danse, deux jeunes et minces danseuses topless aux longues nattes noires huilées, tatouées, en string noir, stilletos et colliers de chien, se dandinaient lascivement sur un R'n B médiocre, sous une pluie de lasers verts.

A une heure moins le quart, il n'y avait pas foule encore. Installé à une des tables, un appétissant jeune couple était en train de se peloter et se rouler des pelles ; sur la piste, quelques nanas pas franchement avenantes aux têtes de ménagères quadragénaires et aux choix vestimentaires mal assurés mais parfaitement assumés, gigotaient sur la soupe sonore déversée par les baffles suspendues au plafond. A côté d'elles, une quinqua défraîchie et trop maquillée, en extase, string et escarpins ridicules, se frottait contre un mec en noir chauve et chétif, qui lui avait glissé par derrière une main sous le string et était manifestement en train de lui labourer le berlingot.

Dos au bar, quelques personnes, dont deux autres hommes au crâne rasé, sirotaient en observant tout ça, remarquant notamment l'arrivée de Kati fendant vapeur et pénombre de la salle.

Kati découvrait tout ça de yeux bleus écarquillés en s'exclamant : « Ah ouais ! »
Mon projet visant son dévergondage semblait bien reçu, et j'en étais fier.
« Je peux au moins t'inviter à boire un verre au bar ?
- Ça oui, allons-y. »
Nous nous installâmes debout et commandâmes elle un Whisky Coca et moi un Campari Soda. Rapidement, le chauve à côté de Kati, en chemise bleu nuit, lui porta un toast. Il était mince et grand avec une tête typée mais pas trop, un nez aquilin et des yeux sombres et intenses sous des sourcils fournis. Le visage expressif et bronzé était rasé de près. Son sourire doux et charmant tranchait très avantageusement avec la relative dureté de ses traits. Je lui trouvai une vague ressemblance avec Zidane. Kati engagea la conversation avec lui. Ne pouvant pas les entendre à cause de la musique (qui s'arrangeait, c'était du Daft Punk désormais), je guettais les évènements sur la piste, les gogo-danseuses et les entrées, avec quelques regards furtifs sur les écrans diffusant du porno, qui, en public, manquaient de m'émoustiller malgré un contenu on ne peut plus explicite. Au bout de plusieurs titres, le temps commençait à être long, Kati étant toujours absorbée dans sa causerie avec Zizou, qui lui avait payé un deuxième Whisky Coca, en contrepartie de quoi il avait manifestement gagné

le droit de lui caresser la cuisse. J'avoue que je n'étais pas très à l'aise, j'aurais largement préféré que ce soit ma main pelotant la peau nue de Kati, mais je n'avais qu'à assumer ma stratégie et toutes les éventualités qui en découlaient.
Une stratégie mal assumée devient par défaut une mauvaise stratégie.
La brochette de quadras quelconques sur la piste de danse n'arrêtait pas de me lancer des sourires intéressés et prometteurs, mais je prenais ces promesses plutôt pour des menaces et commençais à être passablement gêné.

Sur ce malaise naissant fit son apparition un couple d'une grâce extraterrestre. Lui, pantalon en daim marron, chemise blanche et ample voilant un corps de dieu grec, des cuisses et fesses puissantes se dessinaient sous son futal, tandis que sa chemise à moitié ouverte offrait aux regards des pectoraux bronzés et lisses, toujours en mouvement, comme si les muscles sous la peau étaient habités d'une volonté propre.
On aurait classé sa tête blonde aux cheveux mi-longs et aux traits réguliers et sensuels dans la catégorie « surfeur », s'il n'avait pas eu ces yeux subtilement entourés de khôl, affublant son regard bleu acier d'une intensité et d'un mystère digne d'un héros mythique.
Ou alors digne de sa compagne.
Dès que l'œil tentait de se poser sur elle, il était immanquablement attiré vers d'autres courbes encore plus vertigineuses. Seul son visage avait le pouvoir

de fixer le regard, avec ses pommettes hautes, son teint de porcelaine, ses lèvres galbées et ses grands yeux vert émeraude.
Une invraisemblable crinière noire et bouclée lui descendait au milieu du dos dénudé, le reste du corps étant à peine habillé d'une ample robe vert océan sans manches et fendue des deux côtés jusqu'à la hanche. Par les ajours généreux, transparaissait l'évidence qu'en-dessous ne s'y trouvaient ni vêtement, ni poil.

Les deux furent vite rejoints sur la piste de danse par le couple qui s'était préchauffé dans les fauteuils depuis notre arrivée. Ça s'embrassa d'abord amicalement, puis tout en dansant, ça commençait à se caresser, se peloter, se frotter et se serrer sérieusement. On voyait des langues disparaître dans les bouches et oreilles d'autrui ainsi que des doigts sous les vêtements, voire carrément dans les chattes, grâce aux robes suffisamment écartées ; des bites faisant des apparitions surprises pour disparaître à leur tour dans des mains ou sous les plis textiles de tierces personnes. C'était chaud, très chaud.

Kati s'en était rendue compte également, ses joues étaient presque aussi rouges que le pourtour de ses yeux. J'adorais la manière dont elle piquait des fards d'anthologie à la moindre occasion.
Sans crier gare, elle attrapa ma main disponible, l'autre étant occupée à caresser ma trique à travers mon pantalon, attira en même temps Zizou avec elle

vers l'ouverture menant aux back-rooms. Enfin. Je n'allais pas faire chou blanc cette nuit.

La lourde franchie, dans un couloir tapissé de velours noir et doté de plusieurs portes matelassées de velours bordeaux, insonorisé et faiblement éclairé, elle nous présenta d'abord : « Benoît voici Xavier, Xavier, Benoît. »

Il me tendit la main avec un sourire chaleureux, et j'avais l'impression qu'en retour, je ne pouvais m'empêcher de le jauger comme un rival… comme je l'avais dit à Kati, je n'étais ni habitué ni adepte de ce genre de lieu et de pratiques.

La première porte était verrouillée, la deuxième donnait sur la quinquagénaire et le gringalet chauve aperçus sur la piste de danse, qui, avec un autre couple, s'enduisaient mutuellement d'huile, ce qui donnait, je l'avoue, une certaine allure au corps défraîchi de la dame…

Le troisième back-room était disponible, nous nous y glissâmes, accueillis par une légère note de désinfectant qui allait à coup sûr laisser sa place à une forte odeur de stupre au cours de la nuit, et au moment ou Xavier s'apprêtait à mettre le verrou, Kati le regarda froidement de ses yeux d'ange démoniaque en avertissant : « Surtout pas ! »

Je croyais savoir pourquoi…

Heureusement le malaise se dissipa aussi vite qu'il était apparu, et au moment où on tentait avec Xavier simultanément d'enlacer Kati, celle-ci nous poussa résolument sur l'un des larges lits-banquettes en skaï noir et nous intima d'ouvrir nos braguettes en haussant les sourcils sur un regard bien visé. Nous obtempérâmes, et elle nous retira nos chaussures et puis nos deux pantalons de gestes adroits.

Xavier semblait être un chouette type, voyant le gros pansement tout frais de tulle gras sur mon genou, déplacé à souhait en pareille situation, il s'abstint de tout commentaire.

Quant à Kati, elle avait pris pleine possession de son rôle de femme fatale.

D'un geste provocateur, elle défit le noeud des bretelles de sa robe et la rabattit jusqu'au nombril, découvrant une paire d'admirables petits seins pointus, cadrés de muscles subtiles et pourvus de marques de bronzage triangulaires. Les tétons se dressaient au milieu d'aréoles lisses et gonflées. Elle vit l'effet que cela nous faisait et en fut visiblement satisfaite. Alors elle nous enleva nos caleçons, la pointe de la bite de Xavier ayant déjà quitté le sien pour prendre l'air. La sienne était bien plus longue que la mienne, vingt deux centimètres au bas mot (en tant que luthier, j'ai le compas dans l'œil), mais la mienne était tout de même plus belle. Toute droite, avec un gros gland rose et luisant, là où la sienne était tordue et un peu brune, avec un petit gland pas très fier. C'était la première fois dans ma vie d'adulte que j'avais une érection qui n'était pas la mienne à portée de main. Je veux dire, à part des expériences entre jeunes garçons à la découverte de leur corps, n'allez pas vous imaginer des choses…

Je n'allai pas plus loin dans ces observations, car une des mains de Kati se ferma à cet instant sur ma belle verge toute droite. L'autre avait chopé celle de Xavier. Agenouillée au dessus de nous, les genoux de

Kati entre nos cuisses caressaient nos bourses tandis qu'elle commençait doucement à nous branler en offrant ses seins pointus à nos bouches, qui embrassaient, léchaient, mordillaient, et suçaient, chacun laissant libre cours à ses envies et ses fantaisies, guidé par les doux soupirs de Kati. Nos quatre mains caressaient le dos, la nuque, les épaules, la tête, le visage, le ventre, les seins de Kati et glissaient inextricablement vers le bas, entraînant la petite robe noire qui avait désormais fait son temps, jusqu'à ce qu'elle atterrisse sur nos cuisses, offrant à nos regards une petite culotte détrempée en coton jaune. J'étais désormais sûr que cette robe n'appartenait pas à Kati. Xavier aussi esquissa un petit sourire en découvrant ce sous-vêtement touchant d'innocence. Nous en débarrassâmes Kati avant qu'elle n'en soit embarrassée. Dans sa volonté de bien faire pour sa première en club libertin, elle s'était tout de même rasée le minou de près.

Descendant de la banquette, elle commença à me sucer, et je fus honoré et heureux de ce traitement de faveur. Un peu timide, mais doux et de bonne volonté, et franchement, elle aurait pu s'y prendre n'importe comment, vu que je la désirais pour ce qu'elle était, et non pas pour sa supposée science des pipes.

Xavier profita de la position penchée de Kati pour s'agenouiller derrière elle et lui administrer un cunnilingus, sans oublier de lui lécher et lui mordre ses fesses musclées. J'enlevai ma chemise, Xavier fit de même, et deux escarpins et un ras de cou furent les seuls habits qui restèrent à notre trio. Cela nous suffit amplement en pareille situation.

De la poche de son pantalon, Xavier sortit une capote et commença à l'enfiler ; elle ne lui arriva qu'à la moitié de la verge.

Il était bien roulé, style nageur, aux épaules carrées, aux membres longs, lisses, aux muscles peu définis, mais de belles proportions. Il devait avoir mon âge et était entièrement glabre, là où j'avais, moi, gardé la toison au moins sur la poitrine et autour de mes parties, fut-ce raccourcie et élaguée.

Xavier se mit derrière Kati et commença à jouer autour de sa chatte de son gland vêtu de latex, et je la sentis se crisper. Il dut le sentir également, car je le vis froncer les sourcils. Alors, allant au bout de mon raisonnement de faire tout à l'envers de son « papa » pêcheur, précautionneux dans la monstruosité, je lui fis signe d'un hochement de tête d'y aller d'un coup sec et sans égards, ce qu'il fit. Momentanément, je sentis les dents de Kati se resserrer sur mon gland et je craignis le pire - plus pour elle que pour mon zob, mais elle se détendit quand Xavier commença à y aller avec des coups vigoureux et décomplexés. Ses gestes n'avaient rien de honteux ni de faussement retenu, il n'était pas son père, elle avait un autre homme dans sa bouche qui était témoin de l'acte, la soupe aux pêches prenait.

Alors elle lâcha mon gland, m'enlaça le cou, m'embrassa passionnément en se faisant baiser par un autre et plongea ses yeux dans les miens. De chaque œil, une larme avait coulé, traçant un sillon dans le phare rouge. Dans ce regard se mêlaient peine, lubricité, gravité, désir, gratitude, délivrance et souvenirs refoulés. Cette vision s'imprégna dans mon cerveau et me fendit le cœur. Mais elle n'en avait pas fini avec moi. S'adressant à Xavier, elle commanda : « Vas-y, plus fort, lâche-toi ! et la tête posée sur mon épaule elle chuchota : Caresse-moi la chatte, Benoît aide-moi à venir, s'il te plaît. »

Elle accompagna de son cul les efforts de Xavier qui commençait à transpirer et à respirer bruyamment. Une main autour de mon cou, elle entreprit de l'autre à nouveau ma queue pour m'inciter à bien lui lustrer le joyau, ce que je fis, et même quand Xavier eut bruyamment joui, les doigts enfoncés dans la chair de sa taille, elle continua à lui intimer :

« T'arrête pas, continue ! », et lui non plus ne pouvait rien lui refuser.

Ce ne fut alors qu'une petite minute plus tard, après être lentement montée, pilotant finalement ma main avec la sienne, menant Xavier au bord de l'épuisement, qu'elle se figea avec un tremblement, une cambrure et un long râle, avant de s'affaler sur moi, frottant son sexe sur le mien encore dur pour déguster cet orgasme jusqu'à la lie.

Elle posa sa tête à côté de la mienne et me chuchota dans l'oreille si faiblement que moi seul pus l'entendre : « Je t'aime, Benoît. »

******

Voilà, je sens que vous êtes contents, contents pour moi, contents pour Kati, fiers de Xavier aussi, qui est un brave type, je vous le concède. Je réponds à votre attente de lecteur, sinon de happy end, alors du

moins de l'heureux dénouement d'une situation douloureuse. En partant du problème de Kati, je propose une solution, elle est mise en œuvre et elle occasionne le résultat escompté. En plus, on s'aime. Tiens, c'est beau.
Sauf que non. C'est ici que mes vraies emmerdes trouvent leur commencement.
« Die Geister die ich rief… » Je vous laisse traduire et trouver la référence.
Allez, bougez vous ! Lire demande un peu d'effort. Les livres résistent au dictat de l'immédiateté, ils vous offrent la possibilité de les poser pour réfléchir, chercher des références, divaguer dans vos pensées. Profitez-en ! Ces romans qui soi-disant « tiennent le lecteur en haleine du début à la fin » sont d'une banalité ! Ce sont ceux-là les livres que la publicité essaie de vous vendre ? Raison de plus de les fuir. Non, ce n'est pas du devoir de l'auteur de vous divertir à longueur de pages et de vous servir un happy end sur un plateau d'argent. Ce n'est pas un dû, que vos attentes soient flattées et satisfaites, tandis que vous, lecteurs, vous êtes vautrés dans vos fauteuils. C'est trop facile. Arrêtez de languir pour des conclusions heureuses. Il n'y en a pas souvent dans la vie. Les nœuds ont au contraire tendance à grossir, et ici pour une fois, quand je parle de nœud, ce n'est pas au gland auquel je fais référence.

Kati me chuchota donc: « Je t'aime, Benoît. »
Et c'était le début de ma perdition.
Pour commencer, j'étais toujours là comme un con avec ma trique orpheline. Je n'étais pas assez naïf

pour croire que Kati allait embrayer directement pour me chevaucher vers l'extase, et en effet, elle ne fit rien de tel.

Diriger sa main vers le lieu du crime me vint à l'esprit, mais elle semblait partie vers des sphères tellement lointaines que je laissais tomber cette idée, et puis ça aurait fini d'achever le romantisme déjà très relatif de la situation.

J'avais donc le choix entre laisser faner cette belle érection, ou me finir moi-même.

Mais c'était sans compter sur ce vaillant Xavier, qui semblait avoir remarqué la belle allure de ma queue et n'y était pas insensible, ce qui ne me surprit qu'à moitié.

Xavier, en sauveur d'orgasmes en péril, prit alors dans sa bouche ma bite en détresse, et me procura une fellation d'un autre monde. Je n'avais pas vraiment eu le temps, ni l'esprit d'en penser quoi que ce soit, tellement j'étais chamboulé d'avoir entendu les trois mots magiques de la bouche de Kati. Un peu crispé au début, je me laissai aller à son jeu de langue, de succion et de gorge profonde avec une volupté grandissante, et même Kati fut tirée de sa rêverie par ce spectacle qui devait être aussi nouveau et insolite pour elle que pour moi, m'embrassant tandis que Xavier me pompait le dard avidement.

Au moment de venir en majesté, j'étais tout de même soulagé qu'il n'avale pas, ça aurait été un peu trop fort de café pour moi, pour la première que c'était.

Ayant tous eu droit à des jouissances plutôt inhabituelles, nous nous allongeâmes côte à côte sur les banquettes-lits en skaï et explorâmes doucement nos trois corps dénudés de la pointe de nos trente doigts. Le fait qu'il m'eut si bien fait jouir me décomplexait face à Xavier, et je ne me gênai pas de le caresser et d'explorer ainsi pour la première fois le grain d'une peau d'homme. Etant moi-même plutôt réfractaire au parfum, je trouvai que cette senteur subtilement épicée et torréfiée soulignant l'odeur corporelle de Xavier était très agréable - à défaut d'être excitante.

Kati aussi se pencha sur lui, et au moment d'approcher sa bouche de son sexe, la porte s'ouvrit à la volée et la beauté impossible de la piste de danse débarqua en marche arrière, embrochée toute nue sur la bite de son Adonis pareillement dévêtu. Voyant que ce back-room était occupé, elle s'excusa d'une voix grave à l'accent italien.

« Non, entrez, restez ! leur proposa alors Kati avec entrain. Tant pis pour l'entracte, on passe directement à la symphonie ! »

Personne ne comprit vraiment la signification de ses mots à part moi, mais la façon enthousiaste dont c'était dit, fit rire tout le monde.

Dans une drôle de procession suivit alors l'autre couple de la piste, elle, une rouquine menue, assise sur sa bite à lui, un métisse râblé.

Quand la nature fait si bien les choses, ça en devient un festin pour les yeux.

Je vous ai déjà vaguement décrit Adonis et Aphrodite, qui en réalité s'appelaient Pierre et Clara. Pas aussi exagérément beaux, le métisse, Nico, et la rouquine, Marie, étaient tous les deux de très jolis spécimens.

Marie, une vraie rousse, avec la peau blanche constellée de taches du plus bel effet, ni trop, ni trop peu, avait un joli visage triangulaire de musaraigne, au nez pointu, une bouche étroite aux lèvres sensuelles, et des yeux bleus espiègles. Elle était menue sans être maigre, avec deux petits seins tels des coussinets parés d'un bouton rouge au milieu, et une superbe chute de reins qui donnait sur une croupe ronde et rebondie.

Nico, lui, arborait la parfaite panoplie du pilier de rugby. Des membres trapus, robustes, une cage thoracique XL malgré sa taille, et des abdominaux saillants sur un tronc massif. Le Colosse de Goya, en plus petit. A l'exception de la tête, barbue et chevelue chez le Colosse, rasée et au cheveux très courts, style militaire, chez Nico. Il avait des traits nobles sur une mâchoire carrée, lui donnant un air aristocratique, presque hautain.

J'en prenais pour mon grade, étant habitué à être parmi les rares hommes au corps entretenu et athlétique dans les parages, entouré de pères de famille et clercs de bureau mous, voûtés, ventrus, grassouillets ou gringalets, mais Pierre et Nico étaient définitivement mieux roulés que moi, et qui plus est avaient une bonne dizaine d'années de moins au compteur. Même la superbe Kati peinait à tenir le haut du pavé face au miracle de féminité que représentait Clara.

Qu'elle est horrible, cette manie de toujours nous comparer aux autres. Mais on ne s'en rend compte que quand ça tourne en notre défaveur.

Clara et Marie toujours installées sur les bites de leur destriers impressionnants, portées par ceux-ci telles des plumes, tout le monde se fit la bise, les présentations, comme dans n'importe quelle rencontre amicale. Je n'avais donc pas menti à Kati, c'était bien une soirée comme une autre, à l'exception de certaines inversions et quelques menus détails.

Lors de ma première expérience en boîte de cul, j'avais déjà remarqué que les batifolages se déroulaient de façon assez spontanée dans les soirées libertines. On n'élaborait pas de scénarii avant de passer à l'acte. Ainsi, les deux couples nouvellement arrivés se placèrent face à face sur deux des trois banquettes-lits en U, et les filles commencèrent à chevaucher leurs montures assises, avec des vocalises appuyées. Xavier regardait ça de yeux satisfaits, sa bite à la main, et moi, je cherchais une capote dans la poche de mon pantalon traînant par terre. Quand elle comprit, Kati me susurra : « Non, je veux te sentir toi en moi, Benoît, pas un bout de latex. »

Troublé, ému, confus, j'obtempérai. Je présumai qu'elle prenait des contraceptifs comme la majorité des femmes, ne serait-ce que pour réguler leur cycle. Nous nous installâmes sur la banquette du fond. Avec ce qu'on avait vu et entendu depuis que les deux couples avaient lancé la bataille, nous étions à nouveau tous les deux chauds comme des fournaises. Je m'allongeai sur le dos, Kati chopa ma fière bite et se l'introduisit directement dans son trou détrempé, avec un grand gémissement de satisfaction, auquel je fis écho.

Elle avait à peine commencé à faire des va-et-vient, que Clara et Marie se retournèrent, chevauchant désormais Pierre et Nico à l'envers, se faisant face. Ainsi, en regardant par dessus l'épaule de leurs cavalières, les deux garçons avaient une vue imprenable sur les agissements du couple d'en face, et de même pour les filles naturellement. Clara et Marie commençaient à monter et descendre sur les bites des hommes en quinconce, entamant un duo de « Oh ! » et de « Ah ! » de plus en plus sonore. J'avais beau baiser la fille que j'aimais, je ne pouvais passer à côté de ce spectacle, nous étions venus là pour la soupe de pêches, non pas pour le côté romantique ! Alors je me redressai et indiquai à Kati d'imiter les deux autres filles.

Selon que je regardais par dessus l'épaule gauche ou droite de Kati j'avais une vue plongeante soit sur la bite de Pierre glissant dans la chatte de Clara, soit de celle de Nico labourant le con de Marie.

Marie avait des lèvres très généreuses qui enveloppaient la base de la large queue de Nico quand il l'enfonçait, et se déployaient telles des ailes roses et luisantes quand il glissait en elle.

J'ai souvent entendu dire des femmes qu'un vagin, ce n'était « pas beau ». Et pourtant, je trouvai ce que je vis là d'une beauté tellement exquise, que j'en vins à me demander si le mot « beau » pût réellement revêtir la même signification pour les hommes et pour les femmes.

La chatte de Clara était moins extravagante, exception faite d'un mont de vénus à l'arrondi parfait - mais sa paire de seins lourds, ronds et fiers qui sauta avec un petit décalage par rapport à son bassin, était un spectacle hypnotisant.

Kati, quant à elle, semblait à présent complètement dans le bain. C'était une battle de baise, à des années lumières des attouchements honteux de son père, ou d'une pénétration du bout de la bite en huis clos. Elle se joignait aux cris de plaisir des deux autres filles, c'était une baise à trois temps, une valse de cul.

Quand la sauce commença à sérieusement me monter, Pierre annonça : « On tourne ! »

Les deux filles démontèrent alors leurs étalons, Kati leur enjoignant le pas. A deux doigts de jouir, mon bel élan extatique se fit faucher les pattes. Merde. En même temps, en lot de consolation cadeau du ciel, ce fut Clara la déesse romaine, qui se dirigea vers moi.

Voyant ma bite prête à exploser sans protection, elle me demanda d'un accent italien glacial, les mains sur ses hanches : « Tu te fous de ma gueule ? puis regardant le pansement sur mon genou d'un air dépité : C'est ta bite qu'il faut protéger ! »

Le son de sa voix fauchait les roses qui émanaient de son parfum.

Je ne savais plus où me mettre, j'étais à la fois mal, furax, sur le point de jouir, humilié, à fond et lubrique. Kati avait suivi l'incident avec malaise, mais déjà elle était en train de se faire du bien, empalée sur le gros pieu de Nico, qui en effet portait une capote, lui, tout comme Pierre.

Avant que je ne retrouve mes esprits, Clara s'était installée sur la banquette à côté de moi avec Xavier, qui s'était déjà équipé d'un préservatif en attendant son tour, et ils commencèrent à baiser à trente centimètres de moi, comme si j'étais de l'air, comme si je n'existais pas.

Honteusement, je ramassai d'un geste mes fringues, allai au toilettes, me finissai en deux mouvements, sans aucune satisfaction, m'habillai et m'isolai tout au fond de la vaste terrasse du château sous un ciel étoilé, les paroles du Voyage d'hiver en tête malgré la douceur de l'été indien.

Après une interminable demi-heure de ruminations, Kati finit par me trouver et me rejoignit, se collant à moi.
« Je suis vraiment désolée, Benoît. »
En guise de réponse, je grognai.
« Excuse-moi, j'aurais du venir avec toi tout de suite, c'était n'importe quoi.
- C'était bien au moins ? voulus-je sincèrement savoir.
- Ouais !
- Alors tu as bien fait de rester.
- Je ne sais pas, esquiva-t-elle. C'était égoïste. Mais ça fait depuis mon adolescence que je rêve d'avoir du bon sexe, de profiter, de jouir avec un homme - je n'avais jamais envisagé que ça pourrait être avec plusieurs - et voilà, c'était la première occasion de ma vie. Tu peux comprendre ça ?
- Oui. Absolument. Surtout vers les trente ans, avec les hormones en ébullition, la timidité et la maladresse de la jeunesse dépassées, et avant de devenir un quadra blasé. C'est trentenaire que j'ai trompé la mère de mes enfants pour cause d'insatisfaction

sexuelle, ce qui en définitive a détruit notre famille. Donc oui, je suis très bien placé pour comprendre ça. J'ai fait bien pire que toi pour sacrifier au cul.

Après un silence à s'embrasser puis regarder les étoiles, elle me confia à voix basse :

- Elle est terrible, cette nana !
- Ah ça, je l'avais remarqué !
- C'était à cause de tes poils, en fait.

Je restai interdit, mais pas tout à fait surpris pour autant.

« Mais oui, poursuivit-elle, la capote n'était qu'un prétexte. Niveau protection contre les maladies, c'était de toute façon n'importe quoi, il aurait fallu qu'on change de capote à chaque changement de partenaire, d'ailleurs je suis bonne pour me faire dépister.

Après la tournante (ici son regard prenait un air subtil de lubricité et de nostalgie) elle m'a prise à part, agressive : - C'était ton mec ? Il faut lui dire de se raser, bon sang, c'est dégueulasse ! De quel bled il vient, ce plouc ? J'étais prise complètement au dépourvu, ça m'a cloué le bec. Son ami Pierre semblait être son toutou, Nico et Marie regardaient leurs pieds, il n'y a que Xavier qui a pris ta défense, demandant à Clara de se calmer et de ne pas juger quelqu'un sur un détail aussi insignifiant que sa pilosité.

- Qu'est-ce que ça aurait donné si j'y étais allé avec ma vraie pilosité naturelle, sans me raser le dos, les jambes et raccourcir partout ailleurs ? Elle m'aurait vomi dessus ? demandai-je.

- T'aurais vu comment elle est rentrée dans le lard à Xavier ! Mais il ne s'est pas dégonflé, il est resté très calme, et vu que c'était manifestement elle qui débloquait, Nico aussi a fini par lui demander de se calmer, et je peux te dire que ce mec, quand il s'y met, il en impose. C'est la force tranquille, mais tu sens que dessous, il y a de la lave. Elle est sortie avec en regardant Xavier d'un air dégoûté, mais les autres sont restés, ils n'étaient pas venus là pour se prendre la tête. Et je pense que Pierre était plutôt intéressé par moi… (ici, Kati rougissait) Bref. Clara aussi a fini par revenir, un peu dépitée.
- Cette fille est définitivement trop belle pour être décente, conclus-je.
- Vraiment désolée encore que ce se soit mal terminé pour toi. Mais merci de m'avoir emmenée ici. C'était… c'était génial, malgré tout. J'ai joui collée contre toi, c'était fort, c'était magnifique. Tu es mon héros. Je t'aime, vraiment. Je n'ai plus peur de le dire.
- Moi aussi je t'aime. Les vrais héros sont poilus. »
Nous nous embrassâmes longuement et passionnément, puis je lui dis en la regardant dans les yeux, remarquant qu'elle s'était démaquillée :
« Je ne peux pas louer une chambre à une fille que j'aime et à qui j'ai fait l'amour. Je sais que c'est précipité, mais veux-tu emménager à l'étage avec moi ?
- Les vrais héros sont poilus. » répondit-elle avec un sourire heureux.

******

Par la suite, toute tentative de refaire l'amour en tête à tête était plus ou moins vouée à l'échec. En huis clos avec un seul homme, identifié en tant que situation de prédation par l'inconscient victimisé de Kati, une fois les préliminaires prometteurs passés, ça coinçait invariablement quelque part. Dans le pire des cas, elle me repoussait d'un geste s'apparentant au réflexe. Plus souvent, elle était sèche ou fermée, voire les deux. Un peu de lubrifiant pouvait alors retarder et légèrement désamorcer la déception finale. Car même dans les rares cas où elle était chaude, mouillée, et invitante telle la Méditerranée une après-midi d'été, elle était incapable de jouir, qu'importent les positions, les caresses, la masturbation simultanée ou la durée du rapport.

Une seule fois, m'étant retiré d'elle, Kati réussit péniblement à jouir en se frottant le clitoris frénétiquement, sur un vagin qui s'asséchait comme un trou d'eau au désert. Le reste du temps, cela finissait en irritations cutanées, et à coup sûr en irritations d'humeur. Kati s'en voulait, elle était déçue, insatisfaite, se sentait coupable et incapable. Il m'incombait alors, en plein doute moi-même, de lui remonter le moral après nos chevauchées de canassons boîteux.

J'aurais voulu qu'elle commande le navire de mon désir sur l'océan de sa volupté, au lieu de quoi elle fit échouer le rafiot de ma lubricité sur les récifs de sa libido cassée.

À part son côté cul pas franchement folichon, notre histoire d'amour était mitigée. J'essayais de positiver, d'interpréter sa volatilité en tant qu'indépendance... Elle était et restait insaisissable. Sa liberté se présentait souvent sous le jour d'un manque de fiabilité. Ainsi, lors de ses fréquentes et longues vadrouilles en solo, elle ne répondait que très rarement au téléphone ou aux sms, expliquant qu'elle ne voulait pas se rendre esclave d'un appareil électronique. Sur le principe, je ne pouvais la contredire, mais en pratique, je passais de longues soirées à l'attendre sans savoir où elle était, ce qu'elle faisait ni quand allait rentrer.

Rien d'étonnant à cela. Cette fille qui n'avait l'air chez elle nulle part, n'était pas davantage à sa place en habitant chez moi.

Elle se faisait alors des cinés en solo, buvait des coups avec des amies, enchaînait des soirées improvisées sur ses répétitions de théâtre amateur, prenait des cours de violon tzigane... Je n'avais pas envie de lui reprocher ses absences, je n'étais point enclin aux prises de tête stériles et liberticides (qui avaient contribué à couler mon précédent couple) d'autant que je partais moi-même souvent sur de longues virées en vélo, dans les alentours, dans le Sidobre, la Montagne Noire ou les Pyrénées, l'abandonnant à la maison, y compris certains week-ends.

Quant à Kati, elle fuyait avec empressement le moindre soupçon de conflit, se retirait dans sa bulle, voir quittait la pièce où l'air commençait à se charger d'électricité, avant que le moindre orage ne puisse éclater.

Mais la véritable raison pour laquelle je ne voulais ni ne pouvais lui porter rigueur pour son relatif manque d'investissement dans notre couple, c'était que j'avais Kati dans la peau. La regarder, l'entendre parler et rire, la sentir contre moi au réveil, l'embrasser, m'emplissait d'une chaleur et d'un bien-être qui chassaient aussitôt toute la frustration que j'accumulais lors de ses absences. J'étais amoureux et je considérais qu'elle me rendait cet amour dans la mesure de son possible. Et peut-être aussi que l'amour m'avait aveuglé quant à ses prétendues qualités. Mais ça, on ne peut le savoir qu'après-coup, quand on recouvre la vue.

Puis il y avait beaucoup de positif aussi, toutes ces fois où nous réussissions à entreprendre des choses ensemble, le Printemps beethovenien qui commençait à prendre de l'allure sous ses coups d'archet et mes coups de touches, des courses au marché qui s'apparentaient à une véritable déclaration de guerre à la malbouffe, suivi de la préparation de copieux repas, qui se prolongeaient souvent par de longues discussions passionnantes sur une vaste palette de sujets. Le fait d'avoir tellement bourlingué, d'avoir touché à tant de choses, permettait à Kati de partager des expériences et des avis très éclairés dans des domaines aussi variés que la culture, l'agriculture ou l'éducation. Elle n'était pas bavarde, mais ce qu'elle racontait avait de l'intérêt. Enfin, ces deux observations se présentaient de façon inversement proportionnelle à la quantité de vin rouge ingérée, et nous n'avions pas la main particulièrement légère, il faut l'avouer. Bref, on ne s'ennuyait pas.

Elle avait le rire facile, était un bon public pour mes vannes, mes jeux de mots, partageait (dans une certaine mesure) mon goût pour l'absurde. Pour ce qui était de me faire rire moi, je devais me rendre à l'évidence qu'elle était bien meilleure consommatrice que productrice de plaisanteries. Dans le rire comme en amour, idéalement il faut savoir prendre et donner…

Début octobre, nous fîmes une superbe randonnée dans les Pyrénées du côté de Bagnères de Luchon, sous un soleil radieux, d'abord dans une forêt qui commencait tout juste à se parer pour l'automne, puis dans les estives, pour finir dans la rocaille sous un ciel cristallin. En effet, ce n'était pas un hasard qu'elle fut si souvent chaussée de bottes de randonnée ; Kati grimpait comme un izard. Cela ouvrait des perspectives sur de belles virées en montagne, des randonnées raquettes dans l'hiver qui ne tarderait pas à venir, des bivouacs qui allaient peut-être finir par mieux nous rapprocher dans des sacs de couchage jumelés que nous ne l'avions réussi sous la couette dans notre grand lit douillet.

A vivre ensemble, se posait forcément la question de présenter Kati à mes enfants Louis et Lilou qui passaient un weekend sur deux avec moi. Nous nous mîmes d'accord pour remettre cela à plus tard, ce qui lui donna l'occasion de voir sa mère en Charente et de faire une multitude de choses en solo sans qu'elle ne me manque de trop pour autant, occupé comme je l'étais avec ma progéniture.

Kati et moi n'avions évoqué qu'à ré-évoqué qu'un ou deux fois son passé aussi douloureux que trash, et encore, à demi-mot, depuis cette après-midi mémorable qui nous avait mené de l'infirmerie au club échangiste. Probablement étions-nous tous deux passablement gênés par son histoire, et préférions désormais le passer sous silence. Dans les grandes lignes, tout ce que je savais était que, lorsque Kati avait seize ans, ses parents avaient fini par divorcer, son père était parti vivre sur la côte bretonne et que les viols n'avaient cessé qu'à ce moment-là, après avoir baissé en fréquence. Apparemment, plus Kati s'était transformée d'enfant en femme, et moins il l'avait trouvée désirable.

Mais une nuit d'automne, après un énième naufrage sexuel, alors que Kati se confondait en excuses, frustré, las d'écouter son éternelle auto-flagellation, je lâchai :
« Ce serait en effet mentir de dire que j'ai apprécié, et après une pause : Et tout ça parce que ton père est un sale porc. »
Elle écarquilla de grands yeux.

« Hé, je t'interdis de parler comme ça de mon père.
- Ton père est un sale porc. Pourquoi tu le défends ? Des hommes biens ne font pas ça à des enfants, encore moins à leur propres filles.
- C'est mon père, après tout !
- Oui, c'est bien le problème. Mais ça ne le rend pas automatiquement bon, malheureusement, comme tu l'as appris à tes frais. Il faut quand même garder quelques références basées sur les actes des hommes, au lieu de les juger sur leur unique statut de géniteur. »
C'en était déjà trop pour Kati, elle se mit sur la défensive.
« Arrête avec ça s'il te plaît. Je ne sais même pas pourquoi je t'en ai parlé, certainement pour te tendre le bâton pour me faire battre, je ne fais que ça, me faire du tort, me punir ; et à voix basse, en s'adressant plus à elle-même qu'à moi : j'ai tellement honte de tout ça.
- Tu as honte ? Tu as honte ? Mais c'est à ton père d'avoir honte ! Tu n'as rien fait de mal, toi !
- Je me suis laissée faire ! »
- Ah bon ? Parce que c'était quoi l'alternative ? L'assommer ? Tout raconter à ta mère et faire exploser le couple, la famille, déclencher un tsunami ? Le poursuivre en justice, du haut de tes treize ans ? Tu étais une gosse ! Bordel ! »
Voilà, j'étais allé trop loin, Kati se mit à pleurer. Mon fameux manque de délicatesse.

« J'en ai parlé à ma mère ! Au bout de six mois, je n'en pouvais plus !
- Quoi ? Je croyais qu'elle n'avait été au courant de rien.
- Oui et non. Les deux. En fait, elle a tout nié, fait l'autruche, ne voulait rien voir. Elle m'a traitée de menteuse, de manipulatrice, de monstre. Le fait de lui en avoir parlé a tout empiré, j'étais complètement mise au rebut. Après ça, mon rôle dans la famille se résumait à satisfaire mon père, en cachette, derrière le dos de ma mère, qui de toute façon ne voulait rien voir. Mon frère, ça l'arrangeait, comme ça il était le chouchou de mes parents, sa rivale s'était d'elle-même éliminée en cherchant du réconfort auprès de sa mère. La conne ! A l'école, je dévissais, ce qui évidemment décevait encore plus mes parents. Même après le divorce, ma mère ne m'a pas crue, de toute façon, je ne lui en ai plus jamais reparlé, je n'osais pas. Alors j'ai chié mon bac dans la foulée, et ma vie par la suite. »
Ses larmes commençaient à couler à flots, elle s'étouffait de hoquets.
La prenant dans mes bras, je trouvai la phrase la plus stupide à dire en de pareilles circonstances :
« Allez, calme-toi, ça va aller... »
Fait rarissime, elle s'énerva.
« Ah, très bien alors, si ça va aller, arrête de me casser les couilles ! »
Très mal à l'aise, je la lâchai de mon étreinte au bout d'un long moment de gêne et roulai sur mon côté du

lit. Elle n'avait pas l'air de trouver le moindre réconfort en ma présence. Après un temps indéterminé, ses larmes et ses hoquets cessèrent, elle se tourna vers moi, les yeux boursoufflés et rouges, et elle ragea :

« Putain, non, ça ne va pas ! Tu n'as pas idée à quel point c'est grave ! Tu ne sais rien ! Tu veux savoir ? Tu veux tout savoir, hein, t'es curieux, tu kiffes savoir !

- Kati, s'il te plaît, je suis désolé.

- Non mais t'inquiète, je vais te raconter, de toute façon, j'ai déjà tout raconté à mon psy, je ne suis pas à ça près. »

Je me fis tout petit.

« Non, si tu ne veux pas, laisse, excuse-moi, vraiment. »

Elle se calma un peu, prit quelques profondes respiration. Mais elle raconta tout de même.

« En fait, tu n'as aperçu que la pointe de l'iceberg, bien que dans mon cas, c'est la partie la mieux cachée, c'est le reste qui émerge, qui se voit, ou se voyait en tout cas. Mais ce n'est pas pour autant que les gens regardent, oh, ça, non. Trop gênant. C'est plus commode de détourner les yeux. Il n'y a pas que mon père qui m'a violé. Pendant des années, toute ma jeunesse, je pensais que je n'avais pas le droit de dire non. Il y avait écrit « VICTIME » sur mon front, gros comme ça. Je n'étais pas consentante, mais est-ce que je leur ai dit non pour autant ? Non ! Avec chaque viol, je m'enfonçais un peu plus dans la culpabilité, dans le mal-être.

- Comment ça ? Mais tu sortais seule ? A cet âge-là ? Comment c'était possible ?
- Tu rigoles ? La plupart des violeurs, c'était des gens de ma connaissance, mon prof de solfège, des « amis » des fois, un voisin aussi. Faut croire que je sentais le cul à cinquante mètres à la ronde, dès mes quinze ans, aucun homme un chouia libidineux ne pouvait passer à côté de moi sans vouloir me sauter. Et moi, ça me semblait normal, je me devais d'être à disposition.
- Mais tu t'es fait violer combien de fois ? »
- Je n'ai pas compté. Tout ce que je peux te dire, c'est que le dernier en date remonte à sept ans. C'est ma psy qui m'a appris, non sans peine, que j'avais le droit de dire « non » aux hommes. Je l'ignorais. »
Là, je trouvais que ça devenait un peu gros.
« Arrête ! lui dis-je.
- Après, j'en ai fait ample usage, du droit de dire non. Ça a fait foirer toutes mes relations depuis. Ça ne fonctionne pas non plus.»
Ses larmes reprirent de plus belle. Incrédule, je la relançais :
« Tu étais incapable de dire non ?
- Mais tu crois quoi ? Que mon dabe à juste mis sa bite dans un trou où il ne fallait pas, et que ça s'arrête là ? Tu crois qu'une fille violée par son père peut rester normale ? Qu'elle a les mêmes repères que tout le monde ? Pendant des années, j'avais l'impression de ne pas faire partie de la vie qui m'entourait. J'étais complètement à part, je regardais de l'exté-

rieur ce qui m'arrivait. Personnalité dissociée, on appelle ça. Grand classique des séquelles de pédophilie. Jamais entendu parler ?
- Non.
- Bah, c'est ballot, quand tu considères qu'une femme sur dix a été victime de pédophilie ou d'inceste, et a donc de grandes chances d'avoir passé au moins une période de sa vie dissociée. La dépression, tout le monde sait ou croit savoir ce que c'est, mais la dissociation, bof, inconnue du grand public. Pourtant, c'est probablement aussi courant. Mais ça concerne principalement des gamines. Du coup, tout le monde s'en fout. Les ados, c'est chiant de toute façon, alors un peu plus, un peu moins…
- Je ne savais pas.
- T'inquiète. Personne ne sait. Donc, j'étais dissociée, sujette à des cauchemars horribles, ou bien des insomnies. J'avais des douleurs atroces au ventre, tout le temps, jour et nuit. Dans ces cas-là, tu fais quoi ?
- Bah, tu vas consulter un médecin ?
- Banane ! Tu ne sais vraiment rien ! »
Elle esquissait un sourire torturé, mon ignorance était tellement crasse qu'elle semblait en devenir amusante. Elle reprit :
« Tu t'auto-mutiles et tu prends des drogues. »
J'eus un haut-le-cœur, le sang quitta mon visage.
« Ah, ça, tu connais ! dit-elle, me regardant d'un air triomphant.
- Mais c'est hyper grave !

- Bah non. C'est beaucoup moins grave que les cauchemars et le mal de ventre, je t'assure. C'est même plutôt efficace. Aujourd'hui, je sais que ce ne sont pas des solutions viables pour autant. Mais à l'époque, ça faisait l'affaire. »

J'avais l'impression que quelqu'un avait dérobé le sol sous moi. Si j'imaginais qu'une fille sur dix avait vécu quelque chose de similaire ou était en train de le vivre, ça ne faisait pas seulement de son père un sale porc, ça faisait des hommes des sales porcs. Une sur dix, ce n'était pas une exception, ce n'était plus des cas isolés perpétrés par des dégénérés dans la lointaine cambrousse belge, c'était partout, tout le temps, c'était une épidémie.

« Putain, j'ai quarante deux ans, et je n'en avais pas la moindre idée ! Comment c'est possible ? C'est n'importe quoi !

- Ça, c'est la société patriarcale dans toute sa splendeur, le déni élevé au rang de paradigme et la sauvegarde des rôles traditionnels. Les plus grands mensonges passent le mieux. Comme la Shoah, que personne n'a voulu voir pendant plus de dix ans, bien que ça se passait au nez et à la barbe des gens. Là, c'est juste que ça dure depuis toujours. »

Je restai complètement interdit.

« Ça voudrait dire que dans la classe de ma fille par exemple, il y en a forcément un cas, de pédophilie.

- Deux, statistiquement, me rétorqua-t-elle.

- Alors la première chose à faire, plutôt que de parler aux enfants du fameux inconnu qui leur propose des bonbons, ce serait de les mettre en garde contre tous les hommes, les amis, les oncles, l'épicier, le prof de tennis, tous, de leur dire qu'aucun adulte, sous aucun prétexte, n'a à leur toucher les parties, à leur demander de se dénuder, même des caresses, ça peut cacher des monstruosités !

- Bah oui. Bienvenu dans la réalité. Commence à en parler à tes enfants. Ça sera ta B.A. de la journée. Et à tant qu'à y être, dis-leur qu'il y a des femmes aussi qui font ça. »

J'avais l'impression de choir dans les limbes, cette fois-ci c'était moi qui était au bord des larmes.

Quelques instants plus tard, Kati me dit :

« Et toi, tu me casses les roupettes avec ton insatisfaction sexuelle. »

Je n'avais plus la moindre envie de rentrer là-dedans. Je restais silencieux, pensif - ahuri. Kati avait fini par se calmer, elle me fit un bisou sur la bouche et me dit doucement : « T'inquiète, maintenant ça va. La seule grosse séquelle qui reste, est cette foutue impossibilité de jouir.

- Difficulté, la corrigeai-je, et j'avais envie d'y croire. Difficulté, pas impossibilité. » Kati me refit un bisou, roula sur le côté et s'endormit. Moi, je ne fermai pas l'œil de la nuit.

Sortis de leur état sauvage, c'est-à-dire dans un contexte domestique, d'accompagnement ou de culture, on a l'habitude de castrer les mammifères mâles, car trop agressifs, dangereux pour l'homme et leur congénères, ingérables. Pourrait-ce être une solution pour l'humanité aussi ? A regarder les dégâts que font tous ces beaux mâles homo sapiens entiers...

Pour la reproduction, on pourrait en garder un certain nombre dans des enclos, veiller à ce qu'ils ne se blessent pas entre eux, leur montrer des rediffusions de matchs de foot et de magazines politiques et économiques pour assurer un taux de testostérone élevé. Les femmes qui sexuellement ne trouveraient pas leur compte avec les castrés (historiquement d'ailleurs, nombre d'hommes châtrés avaient des réputations d'amants légendaires), d'autres femmes, ou des gadgets, pourraient aller voir les entiers - sous surveillance, pour éviter qu'elles ne se fassent abîmer physiquement ou psychologiquement. A mon avis, l'amour, même physique, ne s'en porterait pas si mal, nous désormais « homgres », débarrassés de ce fâcheux impératif de bander, trouverions certainement un tout nouvel essor érotique.

On pourrait enfin commencer à envisager les choses sous d'autres critères que celui de « qui a le plus gros » : pénis, compte en banque, biceps, rendement, PIB, 4x4, etc. Au lieu de toujours chercher à asseoir notre domination, nous nous mettrions enfin à collaborer - entre nous, avec les femmes, cette autre moitié de l'humanité. Plus de prédation sexuelle, économique, sociale, exit la guerre, probablement. Sans des hommes désireux de répandre leur semence partout, même le problème de la surpopulation serait vite réglé. Quelle femme voudrait accoucher de dix enfants de son propre gré ? Oui, plus j'y pense, et plus je me dis : l'homme antique a très justement réalisé que les mâles entiers n'ont pas leur place dans un environnement civilisé. Mais il n'a pas mené la réflexion jusqu'au bout. Non, pire. Il a ostracisé la femme à sa place.

******

On arrivait fin octobre. Suite à cet épisode, qui semblait avoir eu un effet cathartique, nous venions de passer une semaine particulièrement agréable et complice, et il semblait qu'au moins en dehors du lit, nous pourrions réussir à accorder nos diapasons sur une harmonie de couple indépendant et épanoui.
L'été indien ne semblait pas prêt à laisser sa place à la grisaille de l'automne, comme si souvent à cette saison dans le sud-ouest.
Malgré l'idée maintes fois évoquée de retourner au château libertin, nous n'y étions pas revenus dans les six semaines écoulées depuis, notamment parce que ma mésaventure avec la trop belle Clara m'était vraiment restée en travers de la gorge. J'eus alors un nouveau plan pour mettre Kati dans un contexte différent que j'espérais propice à lui faire profiter des joies de l'amour.
Le dimanche matin, je proposai une longue balade suivie d'un pique-nique dans le Sidobre. L'idée étant de faire précéder le pique-nique d'une nique tout

court, sur un plaid en plein forêt, sous les rayons d'un soleil d'octobre encore assez vigoureux.

Sous prétexte de chercher des champignons, je l'égarai hors du sentier vers une petite clairière, je posai le sac à dos avec les victuailles et le plaid, et commençai à l'embrasser et la caresser.

Tout de suite, je sentis que ça n'allait pas du tout, dans mes bras, elle se raidit comme un manche à balai - en fonte.

« N'y pense même pas, Benoît ! La première fois que mon père a abusé de moi, c'était lorsqu'il m'a emmenée faire une balade en forêt. Il n'y a absolument pas moyen… Allez, c'est pas grave, tu ne pouvais pas le savoir. » dit-elle sur un ton sec comme son vagin un jour sans. Sur ce, elle ramassa le sac, et s'avança pour vite retrouver le sentier, direction la voiture. Une semaine d'harmonie s'était transformée en dissonance stridente en quelques secondes.

Sur la marche du retour, vers onze heures, les alentours du parking de la forêt commençaient à se remplir de familles venues pique-niquer et faire découvrir à leur progéniture les joies de la communion avec mère nature.

Progéniture qui, sans la moindre exception, gratifiait cet élan louable de leurs parents en pleurant et hurlant pour les plus jeunes, ou en râlant et sabotant la récréation du week-end pour les plus âgés parmi les têtes blondes.

La paix et la tranquillité de la forêt en furent déchiquetées, et mon humeur, déjà sombre, sombra davantage.

Je n'ai jamais vu d'enfants de la nouvelle génération s'éclater à marcher dans la nature, les miens ne faisant malheureusement pas exception.
Pourquoi ne pas accepter qu'ils n'en ont rien à foutre, que tout ce dont ils rêvent, c'est de quitter ces étranges paysages verts et bruns à l'horizon incertain, de vite rentrer dans le cocon rassurant de leurs chambres bariolées pour y retrouver leurs écrans clignotants peuplés d'amis, de mondes et de défis virtuels ? C'est par ailleurs le plus grand service que nous pouvons leur rendre afin de leur permettre d'affronter leur avenir sereinement.
Car si nous continuons à saccager notre environnement, nos relations et nos valeurs à ce rythme, il n'y aura pour eux que désolation, méfiance et misère en dehors de leurs niaises réalités virtuelles.
Ils laisseront leur place d'autant plus volontiers aux fourmis et autres invertébrés plus adaptés à la vie sur cette planète, que nous autres humains.

******

Malgré moi, j'avais donc à nouveau mis le cap sur une vie de couple, destination probable : routine et déception. Mais à ce moment-là, j'étais trop entiché de Kati pour m'en apercevoir. Tellement entiché en fait, que mon rêve d'un amour double débouchant sur une mort simple, avait sombré dans l'oubli, et Vahine avec. Mais je pouvais compter sur elle pour se rappeler à mon bon souvenir. C'était le soir de ma mésaventure dans la forêt désenchantée que je reçus ce message WhatsApp.

« Salut, comment ça va ? »

Comment ça allait ? Un jour il faudra trouver autre chose que cette formule vide et éculée, considérant que la réponse n'est à mon avis honnête qu'une fois sur dix, à la louche. Sans parler de l'étymologie douteuse de l'expression.

« Bien, et toi ? mentis-je.

- Mal, ne mentit-elle pas. Benoît, je suis vraiment dsl de t'embêter, mais je suis grave dans la merde.

- Tu es toujours au Brésil ?

- Oui. C'est exactement ça le problème.

- Qu'est-ce qu'il t'arrive donc de si merdique au Brésil ?

- Tu te souviens de Dave, mon compagnon de voyage ? J'avais mis les choses au clair avec lui, ça s'était arrangé, mais juste pour partir complètement en live quelques semaines plus tard !

- Aïe, tapai-je, ne sachant pas quoi rétorquer de plus à propos.

- On s'est méga disputé il y a trois jours, il m'a dit que j'allais le rendre fou, puis il a pris ses affaires et s'est barré. Il ne répond plus au tél, je ne sais pas où il est, ni ce qu'il fait :-/ »

Les détails me revinrent en mémoire : Dave amoureux de Vahine, la promiscuité totale pendant plusieurs mois d'affilée, Vahine qui restait insensible aux avances de Dave, ne sachant pas sur quel pied danser. L'inévitable était donc arrivé.

« Et tu ne peux pas continuer ton voyage toute seule ?

- Non. Je suis à sec :-(Il devait m'aider financièrement pour terminer le voyage, notamment payer les frais liés à un changement de vol. On aurait dû rentrer il y a deux semaines.

- Merde alors ! »

La reine sans royaume était donc désormais aussi une reine sans le sou. Où est-ce qu'elle voulait en venir ?

« Et maintenant ?

- Benoît, je suis vraiment désolée. Je suis dans la merde TOTALE. Personne ne peut m'aider. Ma mère est en interdit bancaire. Aucun de mes amis n'a d'argent sur son compte en banque, la plupart sont des intermittents fauchés. Arrggh ! »

Le manque d'argent de plus en plus répandu dans notre société devient vraiment un problème préoccupant.

« Et ton père ?

- Rappelle-toi, je t'avais raconté qu'il père s'était barré au Maroc il y a des années. Je n'ai pas eu de ses nouvelles depuis une éternité. Évidemment que

j'ai essayé de le joindre, mais je pense qu'il a changé de coordonnées, impossible de le retrouver.
J'ai passé deux jours sur internet à sa recherche, c'est mort :-(:-(»

La dissolution des liens familiaux dans notre société devient vraiment un problème préoccupant.

Il était dès lors assez limpide où elle voulait en venir... mais quand ça touche au nerf de la guerre, même les moins matérialistes d'entre nous ne se rendent pas sans combat. Alors je cherchai une feinte pour me défausser de sa demande d'aide financière qui pointait son gros nez.
« T'as contacté l'ambassade Française ?
- Bien sûr. Je ne suis pas arrivée plus loin que la standardiste. Elle m'a dit que les problèmes financiers des ressortissants Français ne relevaient pas de leur responsabilité, avant de me raccrocher au nez, cette conne !!!
Il me reste une poignée de Réals, je ne peux plus retirer. Ma banque ne veut rien savoir. Tout est informatisé, blablabla. J'ai appris ça au bout de trois heures passées sur des répondeurs aux choix multiples qui finissent tous en tonalité occupée.
Les enfoirés !!!! Je peux me faire quelques sous en jouant de la musique, mais jamais assez pour payer le changement de billet avant l'expiration de mon visa.

- Et tu ne peux pas le faire prolonger ? essayai-je encore.
- Non. Ils regardent la situation financière des touristes. Fauché, ils ne veulent pas de toi :-(Grrrr. »

Personne n'en veut, des personnes sans le sou. Et de plus en plus de personnes sont dans ce cas-là, des nouveaux pauvres. Ainsi vont à vau-l'eau ces beaux idéaux de solidarité et de cohésion sociale, en tout cas dans notre société, dite riche. Heureusement qu'il y a encore quelques idéalistes dans le milieu associatif pour limiter les dégâts. Combien de temps tiendront-ils encore, face à l'individualisme grandissant, au manque de moyens, et au désintérêt généralisé ?

Dans une dernière tentative d'échapper à ma responsabilité éthique de nanti envers une personne démunie, je tapai le message suivant, enfonçant un premier pied dans la fange de l'immoralité :
« Et tu ne peux pas attendre de te faire expulser ? »

La réponse tardait à venir. Ce miraculeux pouvoir de l'immoralité : plutôt que de nous faire nous révolter, elle nous cloue le bec.

« Benoît, je risque d'aller en tôle si je suis en situation irrégulière.
- Ah. »
Je n'allais tout de même pas aller jusqu'à lui proposer de se prostituer ? Que faire ? Lui refuser mon

aide, sauter à pieds joints dans l'ignominie de l'indécence pour y rejoindre les autres porcs nantis ? Ou attraper cette main tendue pour que je la secoure ? Il y eut comme un malaise. Mon émoi du début de l'année me revint à l'esprit, lorsque je l'avais rencontrée à Chartres, la lettre enflammée que je lui avais écrite. En même temps, il me sembla inconcevable qu'elle ne puisse trouver personne de plus proche d'elle que moi, pour la sortir de sa galère. On ne s'était vu que deux fois, après tout !

Mais peut-être que le fait d'avoir copieusement fantasmé sur elle, et de le lui avoir avoué, m'avait plus rapproché de Vahine que je ne voulais l'admettre, même si c'était désormais de l'histoire ancienne, grâce à Kati. Acculé, j'écrivais :

« Combien il te faut ?

- Je suis dans la pointe sud du Brésil, l'aéroport international le plus proche est Porto Alegre. Je peux y aller en bus. En comptant un minimum de marge pour le bus, manger et dormir, il me faudrait 1200 Euros :-/ »

J'étais moi-même plutôt à sec à ce moment là, pour des raisons exposées plus haut. Mais je gérais un héritage pour mes enfants, et avais accès à un petit pécule disponible sur leur livret A. Je pourrai toujours les rembourser plus tard, avec l'argent que Vahine allait un jour me rendre, espérai-je. Comme ça, je n'avais même pas à toucher à mes propres deniers.

« File-moi tes coordonnées bancaires alors. Je dirai à ma banque que c'est pressé.

- Merci, Benoît, vraiment. Je ne sais pas comment te remercier. »
- Tu rentres chez toi ?
- Non, je viendrai directement à Albi.
- Tu as un endroit où crécher ?
- Je me débrouillerai. Encore MERCI MERCI MERCI !!! »
Sur ce, elle m'envoya ses coordonnées bancaires.

Si vous êtes un homme, vous connaissez la musique - et si vous êtes une femme ayant un tant soit peu roulée sa bosse, aussi. Nous, les hommes, sommes trop lâches pour quitter une femme sans plan B sous le coude, pour partir vers l'inconnu, surtout pour partir vers la solitude. Qu'importe si ce plan B n'est pas certain d'aboutir - lequel d'entre nous est prêt à quitter une femme, même si ça ne se passe pas bien avec elle, même, si des fois, c'est l'enfer, sans une autre en perspective ?

C'est alors, grâce à Vahine, que je me décidai à repêcher mon rêve, ce rêve d'un amour double et d'une mort simple, de l'oubli où il avait sombré, ce qui m'obligeait à mentir à Kati ; car je ne pouvais réaliser mon rêve sans m'approcher de Vahine et je ne pouvais m'approcher de Vahine sans mentir à Kati. Je ne voulais pas vivre une relation avec Kati basée sur le mensonge.

Ainsi la réalisation de mon rêve s'imposait d'elle même.

Parce que franchement, l'arrivée de Vahine ouvrant à nouveau ma perspective, je ne voyais que trop bien qu'avec Kati, ce n'était pas la panacée, que notre couple n'avait guère d'avenir. Compte tenu de ce que je savais de Vahine, avec elle, j'en aurais certainement encore moins. Alors le mieux serait certainement que je me tape les deux et qu'on en finisse.

Pendant les quelques jours précédant l'arrivée de Vahine, nous échangeâmes furieusement sur WhatsApp. Pour que Kati ne s'en rende pas compte, j'avais enlevé le signal sonore de notification de mon téléphone et répondais aux messages accumulés par salves une fois que je me retrouvais seul.
Il fut convenu avec Vahine qu'elle allait aménager dans la chambre toujours disponible de ma colocation du rez-de-chaussée, celle que Kati avait occupée quelques semaines auparavant. Je la lui mettais gracieusement à disposition le temps qu'elle se retourne financièrement. Il m'était beaucoup plus facile de m'accommoder d'un manque à gagner, que d'une perte sèche d'argent.
Je briefais Vahine quant à Kati, lui expliquant que nous étions en couple depuis peu, lui exposant sa fragilité, commettant même l'impair de lui raconter le passé douloureux de Kati dans un excès de confiance - nous n'en étions pas à nos premières confidences amoureuses avec Vahine.
Il allait de soi que Kati n'avait pas intérêt à savoir que la nana à qui j'avais adressé une lettre d'amour

huit mois auparavant, allait aménager sous notre toit. Vahine allait donc arriver en tant que locataire lambda, nous arriverions bien à faire abstraction de nos deux petites entrevues passées, pour feindre de ne pas se reconnaître.

Je sentais que ce petit jeu de cache-cache intriguait Vahine, et que j'attisais la chaleur de sa gratitude pour en faire jaillir des étincelles. Quand elle me parlait confusément de Bacù, son musicien brésilien qui avait finalement réussi à prolonger son visa touristique en France et allait peut-être la rejoindre à Albi, j'y subodorais plus une volonté de me rendre la pareille, qu'une réelle perspective pour elle.

Dans cette vie mal foutue, il n'y a pas de meilleur moyen d'intéresser une personne que de la rendre jalouse.

******

Rien ne m'avait préparé à l'émotion que je ressentis en retrouvant Vahine à l'aéroport de Toulouse-Blagnac, descendant de son avion en provenance de Lisbonne au bout de plusieurs jours de périple.
Voûtée sous son énorme sac à dos, des vêtements élimés lui collant au corps, elle arborait ce hâle particulier aux voyageurs. Un sourire heureux et soulagé luttait pour illuminer son visage assombri par la fatigue et les soucis. Elle me tomba dans les bras et j'eus l'impression de ne retenir que le poids de son

immense bagage, qu'elle-même n'était qu'une apparition.

Nous restâmes comme cela pendant un long moment. Ses cheveux secs avaient l'odeur d'une terre étrangère, de soleil, de tabac et de sel. J'avais la sensation que notre contact prolongé rendait un peu de substance à sa chair. Nous partagions la chaleur de nos corps parcourus de frissons. L'étanchéité de mes prunelles en prenait un coup. Quel était l'étrange pouvoir que cette fille avait sur moi ?

Je la lâchai et lui enlevai le sac des épaules, remarquant que ses yeux aussi avaient pris la flotte.

Ce n'est qu'alors que je me rendis compte à quel point elle avait pu se retrouver dans la misère quatre jours auparavant, et comment j'avais réellement été son dernier espoir pour lui éviter de s'échouer seule à des milliers de kilomètres de chez elle. Il y a des choses qui restent abstraites par messages interposés, même en y collant toutes les émoticônes qu'on veut.

C'était le soir, elle était affamée, et nous nous sommes dirigés vers le premier restaurant venu de l'aéroport pour y commander deux plats insipides au prix abusif, avec deux grandes bières au coût prohibitif.

En attendant d'être servis, Vahine s'effusait en mille remerciements, m'assurant qu'elle avait senti que j'étais quelqu'un de bien, quelqu'un de confiance, qu'elle était tellement reconnaissante, désolée, heureuse, fatiguée. Elle était exténuée, surtout, d'une profonde fatigue physique et morale, mais qui n'empêchait pas ce geyser de paroles de jaillir d'elle.

Ce ne fut que la nourriture qui parvint finalement à occuper sa bouche autrement ; pour peu de temps, car en suite, tout en mangeant, elle embraya sur feu son compagnon de voyage.

« Je n'en reviens pas du coup qu'il m'a fait, Dave. Il savait que j'étais fauchée. Il m'a carrément abandonnée. Et je n'ai rien vu venir.

On s'était pourtant expliqué, pour moi l'affaire était réglée. Mais en fait il a juste tout refoulé, et au bout de plusieurs semaines la cocotte minute m'a explosé à la gueule, comme ça, BAM ! Plus rien à dire, plus rien à faire. Il m'a balancé qu'il allait devenir fou s'il restait avec moi, et d'ailleurs à le voir, je le croyais ! Et le voilà parti. On aurait pu discuter avant qu'il ne débloque complètement, merde ! Mais lui, au lieu de ça, il pète un câble direct ! »

Je pouvais le comprendre. « L'amour peut nous faire faire ce genre des choses.

- Je n'en veux pas d'un amour comme ça !

- Tu n'as pas voulu de son amour tout court. » remarquai je.

Elle continuait à manger en fulminant.

« Il m'aurait laissé crever là ! C'est quoi ça, comme amour ? » fulminait elle en mangeant. Visiblement secouée, elle s'emportait, des voyageurs d'affaires dans leurs costumes impeccables, commençaient à lever des regards gênés de leurs fichiers excel. J'essayais de la calmer. D'une voix douce je la réconfortais : « Mais maintenant, tu es là.

- Oui. Et tu es là. » Ou de l'art de faire chavirer un cœur en quelques mots et un regard bien sentis.

Elle semblait désormais avoir vidé son sac, et menaçait de s'endormir sur son repas. D'ailleurs, une fois assise dans ma voiture, c'est exactement ce qu'elle fit, en ronflant.

Arrivés à la maison, je l'installai dans sa nouvelle chambre et lui souhaitai bonne nuit. En guise de réponse, elle m'enlaça et me serra longuement dans ses bras. Tout liquéfié, je me coulai dans mon propre lit et tentai de m'endormir sans y parvenir, au son de l'eau qui coulait dans les tuyaux de la maison pour alimenter son interminable douche.
Plus tard, je fus réveillé de ma somnolence par Kati qui une fois de plus rentrait au beau milieu de la nuit et se glissait contre moi sous la couette. Elle était toute froide.
Je lui fis un bisou, me levai, allai aux toilettes, fis un tour par la cuisine pour voir l'heure sur l'horloge du four - deux heures cinquante - et sortis sur le balcon pour prendre un bol d'air.
Un point orange lumineux en bas attira mon regard - c'était Vahine assise dans un transat en train de fumer, les genoux serrés sous le menton pour se tenir chaud dans cette nuit fraîche de début novembre. M'apercevant en caleçon au-dessus d'elle, elle me jeta un baiser.
« Tu ne dors pas ? me lança-t-elle trop fort pour l'heure avancée qu'il était. Je lui répondis en posant mon index sur mes lèvres, et en chuchotant :
- Kati dort. »
Enfin. Elle ne dormait certainement pas encore. Et je ne voulais surtout pas qu'elle m'entende faire la cau-

sette à une soit-disant nouvelle locataire à trois heures du matin. Pour vendre la mèche, on pourrait difficilement faire mieux. Ceci dit : quelle mèche ? Pour l'instant, rien ne s'était passé, mis à part la décision que j'avais prise, et mon mensonge par omission que cette nouvelle locataire n'était pas tout à fait une inconnue.

Où commence la tromperie ? A l'intention ? Au coup de foudre ? Au premier baiser ? A la première baise ? A la deuxième baise ? A la naissance de sentiments ? Au premier mensonge ? En s'installant dans le mensonge ? Le débat est ouvert. Depuis toujours.

******

Au bout d'une courte nuit agitée de rêves sexuels inquiétants, je me réveillai tard, crevé - et seul.
Je trouvai Kati assise dans la cuisine à tapoter sur son smartphone, occupation plutôt inhabituelle pour elle. Bien qu'elle ne répondit que très rarement à mes sollicitations téléphoniques, pour sa défense il faut faire valoir qu'en contrepartie, elle ne faisait point partie du troupeau toujours grandissant de ces junkies de la communication digitale, collés en permanence à l'écran de leur téléphone. Excepté ce matin-là.
« Ça va, bien dormi ? demandai-je en titubant jusqu'à la cuisine.
- Hmm.

- Moi pas du tout. J'ai eu beaucoup de mal à me rendormir après ton arrivée, dis-je, sans l'intention de lui faire mauvaise conscience. Trop tard.
« Ah, je t'empêche de dormir maintenant ? » L'hostilité dans sa voix était inhabituelle.
« Non, je ne sais pas. C'était une nuit sans. Dormir n'a jamais fait partie des choses que je maîtrise particulièrement bien dans la vie.
- Hm. » grogna-t-elle.
Avait-elle entendu mon bref échange avec Vahine ? L'avait-elle aperçue ou rencontrée en rentrant, flairant la concurrente ? Je préférai ne pas demander, ne pas mettre le sujet sur le tapis. Depuis notre retour de la forêt, remontant à quelques jours seulement, elle avait été taciturne et fuyante, et à nouveau très absente, comme si elle me portait rigueur de mon faux-pas involontaire. Si en plus elle se mettait à devenir jalouse…
« Tu veux un autre café ? demandai-je en essayant de donner un ton bienveillant à ma voix.
- Non. Je vais y aller.
- Où ça ?
- Bosser. » Il était clair que je n'en saurais pas davantage. Je ne comprenais rien à son planning de travail à la bibliothèque. D'ailleurs, je n'ai jamais rien compris au planning professionnel de toutes mes compagnes consécutives, qu'elles bossent en trois-huit, en free-lance, en horaires souples ou en astreinte. J'avoue que je n'ai jamais vraiment réussi à m'y intéresser.

Malgré la saison avancée, le vent d'Autan continuait à souffler de la douceur sur Albi, et je décidai d'en profiter pour faire une sortie à vélo, le long du Tarn.
En rentrant, je fus accueilli par Vahine qui sortait de la maison, comme si elle avait guetté mon arrivée.
« Salut Benoît ! »
Me voyant dans mon maillot jaune moulant qui fait ressortir les muscles, encore vaguement bronzés, elle me mata ostensiblement.
« Dis donc, t'es vachement gaulé ! », puis, avec un sourire enjôleur, elle descendit les marches pour me faire la bise sur mes joues collantes de transpiration. Je sentais bien qu'elle m'embrassait des lèvres, au lieu de juste poser ses joues sur les miennes selon l'usage consacré.
Il n'y a pas que les garçons pour pratiquer le rentre-dedans…
« Je suis en décalage horaire complet. Je me suis recouchée vers cinq heures, puis levée pour de bon vers midi. Tu peux me dire où je peux acheter trois bricoles à manger, pas chères si possible ?
- On peut manger ensemble si tu veux, laisse-moi souffler un peu, prendre une douche, et tu montes dans une demi-heure, ok ? »
Le sourire enjôleur se fit enthousiaste.
« Ah ouais, trop cool ! »

J'avais toujours dans mon frigo un grand bocal de pesto maison. En faisant juste cuire des pâtes, cela permit de concocter rapidement un bon repas sain et rassasiant. Depuis toujours, je considérais que les plats préparés et leurs complices les micro-ondes, étaient des trucs pour barbares, décharges agro-chimiques humaines et autres atrophiés de la papille.

Vingt minutes plus tard douche comprise, le repas était prêt.

Vahine ne ressemblait plus du tout à cette pauvre chose diaphane que j'avais récupéré à l'aéroport la veille. Elle était lavée, coiffée, habillée avec une robe vert feuille en coton près du corps. Ses cheveux auburn avaient retrouvé leur superbe et dévalaient vers sa chute de reins comme une cascade en soie liquide. Le fait qu'elle soit un peu émaciée soulignait le contour de ses pommettes et donnait une intensité fauve à son regard, avec toujours cette pupille de l'oeil droit qui semblait s'écouler, et qui me fascinait.

« T'abuses, Benoît. Tu me rapatries du Brésil, tu m'héberges, et en plus tu me fais à manger !

- Ne te réjouis pas trop tôt, tu ne connais pas la contrepartie que je vais te demander !

- Hahaaaaaa ! fit-elle, ne semblant pas être effrayée pour un sou. Sentant que j'allais peut-être un peu vite en besogne, je désamorçai :

- C'est ton âme qu'il faudra me céder !

- Ouh làààà ! Je ne pense pas que tu te rendes service en me demandant ça ! » rit-elle.

On trinqua avec nos verres de Gaillac rouge.

« Bienvenue en France ! »

Elle retrouva son sérieux.

« J'avais peur de ne jamais la revoir. Tout le monde ici peste contre notre pays, mais c'est en vivant ailleurs que tu te rends compte de la valeur que ça a, une assurance maladie, un RSA, un SMIC, des fonctionnaires pas corrompus, une police qui fait à peu près son boulot, des infrastructures, de pouvoir sortir seule la nuit quand t'es une femme, presque n'importe où…

- Ha ! fis-je, la dernière fois que j'ai entendu ce discours était en discutant avec un ami qui avait passé un an… au Canada ! En remplaçant la police inefficace et la corruption par un froid invivable toutefois. Il faudrait peut-être imposer aux Français une période de plusieurs mois dans un pays en dehors de l'Europe occidentale pour qu'ils se rendent compte de la valeur des acquis sociaux, et qu'ils arrêtent un peu de râler.

- Bof, objecta-t-elle. Ils sont bien en train de démolir tout ça comme il faut. Et quand ce sera fait, on n'aura même pas la solidarité des pays pauvres pour nous sortir de la merde, plus que les yeux pour pleurer. Là-bas, l'entraide, le soutien familial, tout ça, ils connaissent. Tant que t'as une famille, tu ne coules pas, du moins si tu ne tombes pas dans les gangs et la drogue.

- Ici, c'est plutôt à cause de nos familles qu'on coule ! »

Je voulais juste faire un trait d'esprit, mais en fait je l'avais mis dans le mille. Elle avait souffert de l'abandon de son père, tandis que Kati avait subi des abus de la part du sien. De mon côté, je voyais mes propres parents divorcés une fois tous les deux ans, et c'en était presque trop.

Est-ce que ça existe encore par chez nous, des destins familiaux normaux ? Ou faut-il redéfinir la normalité ?

Vahine se resservit des pâtes pour la deuxième fois.
« Non, sérieusement, quand je n'ai pas réussi à retrouver trace de mon père, j'ai failli me rouler en boule dans un coin et désespérer. Mon père m'a abandonnée, Dave m'a abandonnée - peut-être que je suis faite pour être abandonnée. Mais toi, tu ne m'as pas laissée tomber. Tu n'as pas idée de ce que ça signifie pour moi.
- J'ai juste fait un virement… »
Elle se mit à pleurer. Je ne pouvais pas ne pas la prendre dans mes bras.
« Et moi qui t'ai envoyé paître quand j'avais reçu ta lettre en février.
- Ah, cette lettre… »
Nous nous trouvions dans un cul de sac émotionnel - sauf à passer directement par la case (ou l'une des nombreuses cases) tromperie, et cela ne nous semblait pas à-propos à ce moment là.
« Merci. Merci, dit elle finalement, puis : Faut que je me bouge. Faire quelques courses, demander le RSA, des allocations, regarder des opportunités de boulot,… tu peux me faire un justif' de domicile s'il te plaît ? En attendant ? Je n'ai plus mon appart à Grenoble. Je te verserai le loyer dès que je pourrai. »
Alors comme ça, pour elle, s'était entendu qu'elle allait s'installer là. J'étais d'accord, de toute façon.

Plus tard dans l'après-midi elle toqua de nouveau à ma porte à l'étage.

« Tu peux me faire une copie d'une facture d'électricité pour accompagner l'attestation ?
- Bien sûr.
- Je te cherchais à l'atelier. Tu ne bosses pas ?
- Peu.
- Ah ? Tu n'as pas de boulot ?
- Pas beaucoup. Suffisamment, en fait. Je ne cours pas derrière le travail. Je déteste faire de la publicité et démarcher pour travailler plus. Je considère que les gens devraient être suffisamment adultes et responsables pour connaître leurs besoins, ce n'est pas à moi de les leur dicter. Et puis tu sais quoi ? Travailler moins pour vivre plus !
- Ça aurait de la gueule comme devise pour un parti politique! » se réjouit-elle.

Peut-être lisez vous ce livre parce que le titre vous a attirés ?
Si vous faites partie de l'armée innombrable de braves croisés du capitalisme qui sacrifient à la trinité moderne Argent, Productivisme et Consommation, tout en étant au fond sceptique du bien-fondé de cette religion universelle, si au quotidien vous êtes lassés et usés par les contraintes, l'abstraction et le manque d'intérêt de vos boulots alimentaires, peut-être que vous vous êtes dit : "Ah, voilà un métier qui fait rêver. On va pouvoir regarder par dessus l'épaule d'un luthier, quelqu'un qui crée de ses mains des objets nobles, qui servent à répandre la beauté, la musique, qui ont du sens. Un artiste. »

Voilà l'étiquette qu'on me colle souvent.

Sauf que non. Je suis comme vous. Je travaille pour manger. J'ai des contraintes, des lassitudes, des doutes. Pour commencer, je ne suis pas un artiste. En tout cas selon la définition qui suppose qu'un artiste est quelqu'un qui crée du nouveau à partir de ses propres idées et inspirations.

Un violon est un violon depuis près de quatre siècles et demi. Il ne faut pas confondre reproduction artisanale, et création artistique.

A bien y regarder, la lutherie des instruments du quatuor montre même la grimace du capitalisme sous un angle particulièrement cynique.

En bas de gamme, correspondant au tout-venant pour les apprentis violonistes, nous sommes face à des objets qui ne peuvent être fabriqués de façon rentable dans nos contrées - les luthiers achètent donc de la marchandise chinoise pour faire une marge à la revente, occupation ingrate s'il en est, qui ne fait vraiment rêver personne dans le métier. A l'autre extrémité du spectre, nous sommes dans le segment du luxe, le prix des instruments anciens étant le fruit de spéculations effrénées, parfaitement inabordables pour le plus haut de gamme (on parle de plusieurs millions), et logiquement propriété de richissimes collectionneurs, de fonds d'instruments appartenant à des banques ou des assurances, qui prêtent gracieusement à des interprètes de génie pour se faire mousser ou donner à leur entreprise une image de mécène humaniste à des milliers de lieues de la réalité de leur fonctionnement économique.

Les prix des instruments neufs, fabriqués par les luthiers d'aujourd'hui, sont tirés vers le haut dans le sillage de cette spéculation, et complètement déconnectés de toute valeur ajoutée artisanale. Étant donné que le marché est très concurrentiel, il n'y a de la place que pour ceux qui marient une production de haute qualité au marketing le plus agressif, et qui passent finalement plus de temps à tisser et entretenir des réseaux, que derrière leur établi.

Si le marché est aussi concurrentiel, c'est que les instruments du quatuor sont aux antipodes de l'obsolescence programmée - après des siècles d'utilisation, ils remplissent toujours leur fonction à merveille. Nous sommes donc assis sur une production énormissime d'instruments depuis la fin de la Renaissance. Chaque luthier a dans son arrière-boutique un cimetière d'instruments qui ont de plus en plus de mal à tourner. Malgré cela, nous nous évertuons à toujours faire grandir la montagne d'instruments. Bonjour le productivisme.

Vu sous cet angle, les seules activités ayant objectivement du sens en lutherie, sont l'entretien, la réparation, le commerce, la location, bref, des prestations de service.

Je ne dis pas que mon métier me déplaît. Je n'ai pas à m'en plaindre. Mais c'est un métier, un travail, et comme tout travail, il est lassant et fatigant. Peut-être conviendrait-il d'échanger la notion de « métier passion » contre celle, presque homonyme, de « métier pas chiant » ? C'est déjà ça, en définitive.

Si vous voulez rêver à propos de la lutherie, adressez-vous à un musicien, un collectionneur, un mélomane ou un apprenti qui ignore les réalités du métier. Mais pas à un luthier.

Vous pourriez me reprocher que le titre de ce livre est mensonger. Je vous répondrais que pas vraiment, car après tout, je suis bien luthier. Et puis, que voulez-vous ? Ça aussi, c'est du marketing. Auriez-vous lu un livre ayant comme titre : Le rêve d'un mec ?

******

Kati rentra tôt ce jour-là, pour la première fois de la semaine.

« Salut ! » dit-elle, puis elle disparut dans le salon.

Même pas de bisou, rien. Oui, il y avait définitivement un truc qui clochait.

« Kati, j'aimerais bien que tu me dises ce qui ne va pas. »

Je m'asseyais dans le canapé face à son fauteuil.

« Ah. » Elle continua à regarder l'écran de son téléphone.

« Tout allait très bien jusqu'à notre sortie en forêt dimanche, et depuis, tu me fuis. Je ne t'ai pourtant rien fait de mal. »

Elle posa le portable sur la table basse et regarda ses pieds chaussés de pantoufles.

« Je ne te fuis pas toi. Je fuis notre couple. Tu vois bien que ça ne fonctionne pas. »

Elle m'agaçait. « C'est sûr que si tu le fuis, notre couple ne fonctionnera pas. Ça demande un peu de présence, un couple. Des efforts aussi, même du travail, peut-être.

- Oui, dit-elle d'une petite voix. Du travail sur soi. Je fais ça depuis des années. Faut croire que je ne sois pas très douée pour ça. »

Bing ! Une notification sonore provenant de mon téléphone posé sur le buffet. J'avais pourtant enlevé le son... Ma poche a dû le remettre. Ma poche et mon portable se sont associés dans le but de me rendre chèvre. Ce n'était pas la première fois que ça arrivait. Ce n'était surtout pas le moment.

« Laisse-moi t'aider alors, proposai-je. Ce n'est pas en... » Bing !

Le signal sonore sectionnait ma pensée net. Je savais qui envoyait ces messages. Pas maintenant, Vahine, pitié ! Je repris, ailleurs.

« Est-ce que tu m'aimes encore ?

- Oui, je t'aime encore. Mais je fais ça mal. Je n'arrive pas à t'aimer comme tu le mérites. » s'excusa-t-elle.

Bing ! Bing !

Fronçant les sourcils, elle me demanda : « Tu ne veux pas regarder ton portable ? Ça a l'air important...

- Non, esquivai-je, de plus en plus nerveux et distrait. C'est important qu'on parle, toi et moi. »

Bing !

J'avais du mal à retrouver le fil de la discussion.

« Il n'y a qu'au niveau du sexe que ça cloche... continuai-je.

- Mais le sexe, c'est hyper important ! C'est le ciment du couple ! Et puisque ça ne fonctionne pas bien, je... »

Ça tapait à la porte maintenant.

Je ne répondis pas. Je ne savais pas où me mettre. De préférence je me serais fondu dans le linoléum sous mes pieds.

« C'est une de tes locataires ? Pourquoi tu ne réponds pas ?

- Parce que notre conversation est plus importante ! » sifflai-je, en baissant la voix, pour éviter qu'elle ne soit entendue de l'autre côté de la porte. En même temps, je sentais le sang me monter aux oreilles. J'étais un si piètre menteur. Les sourcils de Kati se fronçaient davantage. Dans un silence forcé, nous entendîmes les pas s'éloigner dans la cage d'escalier.

« Y a-t-il quelque chose que je devrais savoir, Benoît ?

- Je... non... pourquoi... »
Bing !

« Mais va la voir, ta locataire, ça a l'air hyper important, si toutefois c'est elle qui envoie tous ces messages. On parlera après. » Kati s'impatientait, en me jetant un regard interdit.

Maintenant, on entendait jouer du violon en dessous. Les sourcils de Kati cessèrent leur exercice de fronçage pour se lever.

« Elle est violoniste, la nouvelle ?

- Ah bon, tiens... ! » balbutiai-je. Je n'avais vraiment aucun sang froid, ça en devenait minable. Avec cette remarque débile, j'avais définitivement laissé filer l'occasion de choper le taureau par les cornes. A la vitesse à laquelle je m'enfonçais, j'allais bien finir non pas dans, mais sous le sol en linoléum.

« Tu la connais, en fait ? C'est une nana que tu connais, que tu fais venir ici, et si tu ne m'en a pas

parlé, c'est que vous avez quelque chose à cacher, c'est ça ? C'est une ex ? Tu veux remettre notre couple sur les rails et tu fais venir ton ex ici ? Eh bien bravo. Bon goût, elle est jolie, je l'ai aperçue sur la terrasse la nuit dernière, elle a déclenché le détecteur de mouvement. Bien foutue, dans son tee-shirt. Je ne suis même pas sure qu'elle portait quelque chose dessous. »
En parlant, elle s'était levée, avait commencé à lacer ses baskets. Mon ange, jamais je ne l'avais vu autant en rage, elle qui d'habitude était si calme et introvertie. Je cherchais mes mots, mais ils avaient déjà disparu sous le lino, m'abandonnant tout seul posé dessus comme un vase prêt à se briser et s'écrouler sur lui-même.
« Non, c'est pas ça, attends… »
Elle avait mis son sac sur son épaule et se dirigeait vers la porte.
« Où tu vas ?
- Quelque part. »
Au bruit qu'elle fit, je sus que la porte d'entrée était assurément très bien fermée.

Moi qui aurais voulu les présenter, les faire s'intéresser l'une à l'autre, les exciter en jouant subtilement sur la jalousie, puis les attirer toutes les deux dans mon lit pour assouvir mon fantasme, j'avais complètement foiré mon affaire. J'étais probablement dépourvu des moyens pour arriver à mes fins, tout simplement. Pas un grand séducteur le mec, juste un gros naze. Le « quitte ou double » s'était pour l'instant soldé par un « quitte ». Bien qu'à vrai dire, avec Vahine, ça n'avait pas l'air si mal engagé que ça.

Du côté de Kati, désabusé, blasé, je considérais que finalement la situation n'était pas si inhabituelle - elle était partie, je ne savais pas où, ni pour combien de temps, ni dans quel état d'esprit elle allait rentrer - dans le pire des cas pour récupérer ses affaires. La principale différence résidait dans le fait que d'habitude, elle ne partait pas en claquant la porte.

Dépité de mes propres réflexions cyniques au bout de seulement deux petits mois de relation, je sentais bien que mon cœur était de toute façon en train de décrocher, de chavirer vers Vahine.

Mais fallait-il pour autant me jeter sur elle tout de go, avec l'écho des pas de Kati qui résonnait encore dans la cage d'escalier ?

Je pris le portable qui avait précipité cette débâcle pour consulter les messages. Ils étaient de Vahine. Bien sûr.

« Salut Benoît ! »

« Je suis déjà revenue de la Caf. C'était fermé. Evidemment. »

« Tu me montres ton atelier à nouveau ? »

« Je peux monter ? »

« Tu ne réponds pas, je vais monter. »

« Je suis montée, mais apparemment tu n'es pas là. Tu viens me voir quand tu rentres ? »

En fait, oui. J'allais me jeter sur Vahine tout de go.

Tapant à la porte, j'interrompis l'air latino qu'elle était en train de jouer.

Violon à la main et sourire aux lèvres, elle m'ouvrit.

« Je viens de rentrer. » mentis-je. Au moins ça expliquait le claquage de la porte d'entrée, qu'elle n'avait pas pu ne pas entendre.

On ment tellement mieux quand ce n'est pas sur le vif, si on a le temps de préparer un petit stratagème en amont…

« On descend à l'atelier ? » En réponse, le sourire de Vahine se fit plus enthousiaste. En descendant, elle me dit : « Elle est chouette, cette chambre, Benoît. La le matelas est bon, c'est lumineux, il fait bon… qui sait où j'aurais atterri si tu ne m'avais pas accueillie ? »

Elle faisait ça vachement bien, passer la brosse à reluire. Et évidemment ça fonctionnait. Qui n'aime pas être flatté et remercié ? Elle m'avait bel et bien mis dans son sac.

Entrée dans l'atelier, inutilisé depuis quelques jours déjà et jonché de copeaux blancs d'épicéa, de copeaux noirs d'ébène et de paquets de laine de bois d'érable, agrémenté de quelques emballages vides de cordes et d'un grand papier bulle qui en se dépliant était ressorti de la poubelle, Vahine faisait les gros yeux d'un enfant sur un marché de Noël.

« Tous les violons suspendus au fond, c'est toi qui les as faits ?

- La rangée de droite, oui, la rangée de gauche, ce sont des instruments que j'ai restaurés. Dans le coin, ce sont des instruments de clients. »

Il n'y en avait pas beaucoup.

« Je peux ? demanda-t-elle en ramassant le papier bulle devant la poubelle, en commençant déjà à en faire éclater, avec une bouille satisfaite.

- Fais-toi plaisir ! Ça te dérange si j'en profite pour passer un coup de balai pendant que tu visites ? Si tu as des questions, n'hésites pas, j'arrive à balayer et parler en même temps. »

En éclatant les bulles, elle regarda mes violons sous toutes les coutures, ne semblant pas oser y toucher, comme si ça avait été autre chose que de vulgaires objets inanimés en bois.

« Elle rentre quand, Kati ? voulut-elle savoir, sur un ton trop innocent.

- Assez tard. » répondis-je, en présageant d'être en-deçà de la réalité.

Du coin de l'oeil, j'eus l'impression qu'elle était finalement plus intéressée par mon fessier que par les violons suspendus. S'apercevant que je sentis qu'elle me regardait, elle ne détourna pas les yeux pour autant.

« Tu as un cul de Brésilien ! me complimenta-t-elle.

- Ah bon, je croyais que c'étaient les Brésiliennes qui étaient réputées pour leurs popotins exubérants !

- Oui, mais beaucoup de mecs ne sont pas en reste, les métis surtout. Surtout dans le milieu de la danse.

- Merci pour le compliment alors !

- T'arriverais à éclater du papier bulle entre tes fesses ? » On ne pouvait pas dire qu'elle y allait par quatre chemins.

« Facile ! » rétorquai-je, pas très assuré pour autant, intimidé même. Pour me donner une contenance, je continuais le balayage.

Impitoyable, Vahine revint à la charge.

« Tu sais, ta lettre… la lettre d'amour. Je ne sais pas combien de fois je l'ai lue depuis février. Quand je

t'ai textoté depuis l'aéroport juste avant de partir, je venais de la relire pour une énième fois. Des fois au Brésil, surtout quand ça coinçait avec Dave, je la relisais pour m'évader, pour retrouver le sourire. Quand on ne voit pas une personne, on se fait un tas d'idées. Mais en te voyant là devant moi, toutes ces idées se confirment. »
Elle me prit le balai des mains.
Devant son regard, je me sentis aussi impuissant qu'un lapin paraplégique devant un loup affamé.
Plus aussi sûr de moi qu'un quart d'heure auparavant, je murmurai « Mais Kati ... », avant que ses lèvres ne s'abattent sur les miennes telle une avalanche enfouissant un refuge.
Vahine m'embrassait avec une science digne d'un doctorat. Ses lèvres caressaient et suçaient, sa langue jouait à cache-cache avec la mienne et ses dents mordillaient par surprise. Mon être tout entier se diluait tel un gel moussant à la vanille dans un bain chaud.
« Kati n'est pas là. » fit-elle très justement remarquer en ronronnant, quand au bout d'un long mais trop court moment, elle décolla sa bouche de la mienne, coupant le robinet du bain, laissant un arrière-goût de tabac.
J'eus tout juste la présence d'esprit de tirer le rideau, car la nuit commençait à tomber et on ne voyait que trop bien depuis la rue que ce n'était pas de la lutherie qui allait être pratiquée dans mon atelier éclairé.

Puisque le bain était coulé, autant s'y plonger.

Ce canapé au fond de mon atelier, en-dessous des violons suspendus, qui avait déjà hébergé des ébats d'anthologie dans mes rêves, allait enfin servir de support d'une vraie partie de baise.

Vahine me poussa sur le canapé et s'assit à califourchon sur mes jambes, reprenant là où elle s'était arrêtée.

Abandonné à mon sort, je pris la fuite en avant, faisant quelques percées vaillantes de ma langue derrière les lignes ennemies de ses dents, attrapant de mes propres crocs ses lèvres souples et élastiques, et dans nos salives mélangées, le goût de tabac se diluait à la vitesse à laquelle mon envie montait. J'attrapai ses fesses rondes et fis remonter sa robe, offrant la peau soyeuse de ses cuisses à l'exploration de mes mains. Là où Kati était ferme et nerveuse, Vahine était molle et souple, et je compris pourquoi il fallait les deux filles dans mon rêve. Entre svelte et voluptueuse, il m'était impossible de choisir.

Mes lèvres amarrées aux siennes tel un Soyuz à l'ISS, je glissai une main dans son string et descendis mon index le long de sa raie, m'arrêtant juste au-dessus du fondement, pour ne pas griller les étapes.

Elle décolla ses lèvres des miennes, et en déboutonnant ma chemise s'affaira de sa bouche sur mes pectoraux, les abdos, puis en se levant, elle sauta de sa petite robe verte qui finit négligemment dans mon stock de bois de lutherie. Elle reprit encore un peu plus bas, juste au-dessus du bouton de mon jean, et quand elle le défit et toucha du bout de sa langue la pointe de mon gland qui s'était frayé un chemin hors de mon caleçon, je fus parcouru d'un électrochoc, comme si quelqu'un avait balancé un sèche-cheveux dans le bain chaud et moussant en lequel je m'étais transformé. Elle me rendait complètement dingue. Jamais, je n'avais vécu une telle alchimie du désir avec Kati.

Vahine se leva et se pencha au-dessus de moi, la reine sans royaume, avec un petit ensemble de lingerie rose bon marché comme seul apparat, et d'entre les cascades de ses cheveux qui caressaient mes épaules, ses yeux impérieux m'ordonnèrent de lui donner du plaisir.

Mes mains excitées dégrafèrent son soutien gorge, pour découvrir des seins adorables, ronds, douillets, une peau à travers laquelle on devinait des veines bleutées, des aréoles rugueuses avec de fiers tétons roses dressés au milieu. Son corps était le palais que ma reine sans royaume habitait, et j'étais invité au banquet.

N'y tenant plus, je lui ôtai son string, mettant à nu l'entrée au château royal. L'arrondi si féminin de son ventre se fondait en deux diagonales formées par les os de son bassin, qui affleuraient délicatement sous la peau, prolongés par le petit triangle de son pubis épilé.

Encore plus bas, les merveilleuses petites lèvres avaient barbouillé de mucus l'intérieur de ses cuisses, et un filament visqueux s'était tiré entre son sexe et sa jambe.

Quel plaisir d'éplucher une femme pour la première fois ! Après avoir admiré son allure, avoir deviné ses formes et le grain de sa peau sous ses vêtements, la consistance de sa chair, déduit les grandes lignes de minces indices glanés en lorgnant dans un décolleté, ou en apercevant une naissance de raie offerte au regard lorsqu'elle se penche... Puis, en la déshabillant, cartographier proportions et formes de ses membres, découvrir sa taille enfin libérée de pantalon ou jupe... voir en vrai la paire de fesses qui remplissait si avantageusement le jean... toucher la peau souple du ventre, effleurer celle plus tendue du dos, apercevoir et sentir ce mélange si féminin de douceur et de tonicité sous la peau, jusqu'à savourer la façon dont les seins sautent du soutien-gorge, libérer les prisonniers tétons et finalement en point d'orgue découvrir son sexe, son épilation, sa taille, sa carnation...

Dans le cas de Vahine, tout ce que mes yeux virent et ce que mes mains touchèrent était parfaitement à mon goût.
Nue comme elle était venue au monde, elle m'enleva ce qui me restait de vêtements, et j'avais la satisfaction qu'elle me dévorait des yeux comme je l'avais dévoré des miens.
Dans un sursaut de lucidité, je remarquai : « Je n'ai pas de préservatifs ici, Vahine !
- On n'en a pas besoin.
- Mais attends, on ne se connaît pas vraiment, et....
- Chut ! Fit-elle en mettant l'index sur mes lèvres. Tu ne me fais pas confiance ? »
Dans pareille situation, quel homme pourrait insister lourdement pour mettre une capote ? Ces machins-là sont tellement tue-l'amour, malodorants, contrai-

gnants, voire érecticides. Bien sûr que sans, on risque gros, surtout de propager cette maladie mortelle qui s'appelle « la vie », et dont je commençais à vraiment avoir ma claque. Or, si elle ne partageait pas mes desseins suicidaires, ce que rien ne laissait présager, j'espérais qu'elle savait ce qu'elle faisait. De toute façon, à ce moment là, je n'étais pas de taille à lutter, j'étais aussi désireux de rentrer en elle qu'un badaud surpris par la grêle est pressé de trouver un abribus.

Alors j'attrapai l'index posé sur ma bouche avec mes lèvres et le suçai, en faufilant mes mains entre ses cuisses, cherchant la chaleur et l'humidité de sa chatte.

Elle accompagna mes explorations avec sa main, s'assurant que je n'en perde pas une miette, puis, n'y tenant plus, elle se sacrifia aux dieux de l'amour en s'empalant sur mon pieu, doucement, les yeux dans les yeux, et nos deux soupirs se firent écho.

Doucement d'abord, de mouvements horizontaux, elle brossa soigneusement mes poils désordonnés de sa pilosité rase et raide. Quel délicieux contraste avec la douceur moite qui faisait enfler ma verge dans son con !

Pour amplifier ses mouvements, j'attrapai ses fesses, et ce fut comme si j'avais enfin trouvé la serrure correspondante à une clé orpheline.

« Mes mains ont rêvé tes fesses ! » lui clamai-je, et en réponse Vahine plongea une langue en furie dans ma bouche avide.

Ses mouvements se firent plus rapides et plus vigoureux, elle avait une force et une endurance surprenantes pour faire voltiger son bassin, et ma queue avec ! Rien à voir avec les chevauchées pépères du dimanche que j'avais connues jusqu'alors, elle me monta au triple galop, me baisa dur ! Et quel délice c'était !

L'arrivée de cette course équestre approchant, nous sentîmes la volupté monter, nos souffles s'accélèrent à l'unisson, la musique mouillée de sa chatte jouant de ma verge s'emballa et au bout de quelques petites minutes, nous explosâmes en nous écrasant dans les bras de l'autre, transpirants, frissonnants, et haletants.

Encore en elle, je passais un long moment à écouter son souffle s'apaiser, tandis que les bouts de nos doigts caressaient la peau chaude et humide de l'autre. Au final nous mîmes plus de temps à redescendre que ce qu'il nous avait fallu pour monter.

Il n'y a pas de mots beaux, poétiques pour parler de cette chose qui peut embellir nos vies comme peu d'autres choses le peuvent. Par exemple, il est impossible de décrire la découverte du sexe d'une femme avec la même prose pure, admirative et admirable que, disons, un lever de soleil sur un lac de montagne. Il manque le vocabulaire. La description prendra forcément soit un virage médical, soit un virage salace. Ou les deux comme dans le présent ouvrage, où j'essaie de dédramatiser un peu en mélangeant les expressions des deux registres.

Cul, bite, nichon, chatte, queue, zob, fouffe, niquer, baiser, ou alors pénis, vagin, poitrine, clitoris, verge, érection, rapport. Le vocabulaire pour décrire nos parties génitales et l'amour physique est soit argotique, voire vulgaire, soit médical. En découle que, dans le langage, le sexe est soit indécent, soit procréatif. Certains vont jusqu'à prétendre que « le sexe est sale, uniquement s'il est bien fait », comme Woody Allen. J'ai envie de lui opposer, avec Madonna : « le sexe n'est sale que si on ne se lave pas ».

Rien que le mot « sexe », qui crée la confusion entre l'acte et l'organe ! C'est comme si l'on appelait la bouche « le repas ». Pour en parler le moins possible. Ou alors vous ne nommez pas du tout la chose pour vous épancher en paraphrases. Si vous saviez à quel point je peux exécrer la tradition judéo-chrétienne pour avoir fait de l'acte sexuel quelque chose de mauvais. A propos de mauvais : Chez nos voisins Allemands, le sexe se dit : Geschlecht, la partie -schlecht du mot se traduisant par « mauvais », le Ge- étant un préfixe.

Pour finir, sans aucunement vouloir prendre la défense de nos monothéistes de service, il faut admettre que la nature n'a pas fait preuve de beaucoup de délicatesse en faisant passer l'amour par les mêmes voies que les déchets.

Comme le dit Albert Cohen : « Baiser, cette soudure de deux tubes digestifs ».

Une fois ma queue revenue à sa taille normale, je commis l'indélicatesse d'avouer à Vahine qu'entre elle et Kati, au lit, c'était le jour et le nuit.

Nous rentrâmes chacun dans nos pénates comme des voleurs, de peur de croiser Kati de retour. Mais elle ne vint pas, et au bout de quelques heures, nos musiques de violon au rez-de-chaussée et de piano au premier étage cessèrent et j'allai me coucher, une fois de plus seul, avec un sentiment bizarre, perdu entre culpabilité, désir, appréhension, défi, lassitude, espoir, amour et d'autres états que je n'arrivai pas à nommer, car le sommeil m'emporta.

On dit que la nuit porte conseil, mais ce jour-là, elle me perdit davantage. Le matin, je restai au lit pendant un long moment à réfléchir, ruminer. Où est-ce que j'allais ? Laquelle des deux, Vahine ou Kati, aimais-je ? Du moins plus que l'autre ? Étais-je seulement capable de prendre une décision - sage, de préférence ? Je craignais un enlisement dans la routine, dans les non-dits et l'incompréhension avec Kati. Quoi d'autre m'attendrait avec Vahine ? Elle, qui m'avait démontré avec ses aventures brésiliennes à quel point elle était sentimentalement inconstante et bordélique - était-ce mieux que la fragilité de Kati ? Est-ce que je n'étais pas une fois de plus sur le point de m'engager dans une relation foireuse sous prétexte d'avoir couché avec les intéressées ? D'aimer des filles juste parce que je les avais aimées physiquement, de répéter le même schéma qui était à l'origine de tous mes naufrages de couples ?

Et puis, j'avais onze ans de plus que Kati, quatorze ans de plus que Vahine. A quoi ça rimait ? Qu'est-ce qu'elles feraient d'un homme qui serait vieux bien longtemps avant elles, et qui de surcroît était fermement décidé à ne pas faire d'autres enfants ? Ce vieux proverbe que ma mère m'avait rapporté lors d'un récent coup de fil sonnait tellement vrai : « Il faut se marier et faire des enfants quand on est jeune et bête. » !

Pour moi, c'était définitivement trop tard, bien que je me sentis toujours bête.

Craignant un peu plus de nous croiser, chaque minute nous rapprochant du retour probable de Kati, Vahine et moi ne nous revîmes pas ce jour là. Le matin, elle m'envoya un petit texto de bonjour, embrayant sur des éloges dithyrambiques à propos de notre superbe entente sexuelle, et caetera. J'y réagis sommairement, de façon fuyante, et elle dût sentir que je n'étais pas prêt à me laisser emporter par la vague de mon désir pour elle. Elle ne m'embêta plus. Peut-être avait-elle mauvaise conscience, elle aussi ?

Je descendis à l'atelier pour effectuer quelques tâches routinières - trois reméchages d'archet, quelques recollages de bords, deux nouveaux chevalets. Cela m'empêcha de trop réfléchir. Pas vraiment, en fait. Ça me permit surtout de m'entailler le pouce gauche, par manque de concentration sur ce que j'étais en train de faire.

Kati ne rentra pas, et mes messages écrits et vocaux laissés sur son portable restèrent sans réponse. Je commençais à me sentir vraiment mal -c'était probablement ce qu'elle voulait.

Rien de tel pour faire taire les pensées qu'un peu de sport bien violent. Sous un ciel gris et chargé, j'enfourchai mon bolide en carbone, et je partis en trombe, le vent de nord-ouest dans le dos. J'étais fébrile, comme électrisé par tous ces sentiments contradictoires qui déversaient leur cocktail de neurotransmetteurs et d'hormones dans mon organisme. Grillant les feux rouges, je manquai de me faire renverser par une voiture, et une fois sorti de l'agglomération, je fis s'envoler mes jambes, mon vélo et mon cardio avec. Quarante, quarante cinq, cinquante, cinquante cinq kilomètres par heure sur le plat, poussé par le vent - entre l'effort et la griserie que cela procure, il n'y avait plus de place pour les interrogations existentielles. Au pied d'une descente dévalée à soixante cinq à l'heure, balloté par le vent de côté et freiné dans les virages par un retraité peureux au volant de sa berline, je profitai de mon élan pour monter la bosse suivante à fond. A trente à l'heure sur du cinq pour-cent, en danseuse, je pulvérisai un « cycliste » en vélo électrique, lui faisant une queue de poisson pour bien le dégoûter. Deux kilomètres plus loin, en haut de la montée, j'avais le cœur qui battait à tout rompre, les jambes saturées d'acide lactique, la gorge qui brûlait et un goût prononcé de fer dans la bouche - j'ai dû me faire péter quelques capillaires sanguins dans la trachée.

Et j'allais mieux.

Je m'enfonçai davantage dans les collines du Haut Daudou, à allure plus modérée mais toujours soutenue, et sur un long faux plat montant de cinq bons kilomètres, je mis à nouveau les gaz pour arriver comme une bombe sur le point culminant, exténué, essoufflé, et plus vraiment très lucide, le sang ayant quitté ma tête pour alimenter mes jambes.

La menace du jour tombant me fit faire demi-tour au bout de quarante kilomètres, et le vent qui m'avait si bien poussé à l'aller me livrait à présent un combat acharné.

J'atteignis péniblement les quarante cinq à l'heure en descente, la fraîcheur se fit beaucoup plus perceptible vent de face, d'ailleurs la température semblait être en chute libre, et j'étais habillé comme si c'était encore l'été, avec un sous-vêtement coupe-vent à manches longues comme seule concession à la saison automnale. Sur ce, il se mit à pleuvoir, un peu d'abord, puis de plus en plus fort. L'eau glaciale me fouettait le visage et me piquait les yeux. Au bout de quelques minutes, j'étais trompé jusqu'aux os. Les routes désormais ruisselantes m'envoyaient davantage de flotte d'en-bas que le ciel d'en-haut, mes chaussures étaient détrempées, mes doigts commençaient à s'engourdir.

Seules les montées m'offraient un peu de répit, car allant moins vite, le vent de face était moins violent, et l'effort parvint à réchauffer un tantinet mon corps grelottant. De retour sur Albi, il faisait presque noir, des automobilistes m'apercevant au dernier moment me klaxonnèrent, mes mains paralysées et rouges n'arrivaient plus vraiment à serrer les freins, mes pieds étaient des blocs de glace et mes muscles brûlaient d'un feu froid.

Arrivé à la maison, je mis plus de deux minutes à extirper de mes mains dysfonctionnelles ma clé de la poche dans le dos de mon maillot.
Je trébuchai sous la douche sans même me déshabiller, et l'eau presque froide brûla mes pieds et mains comme un chalumeau, d'une douleur aigüe qui ne cessa qu'au bout d'une dizaine de minutes.
Et j'allais mieux.
A force de donner la parole à mon corps, ma tête avait fini par se taire.

Lessivé, je passai ma soirée à légumer et à recouvrer mes esprits. Si bien que, entre ma tête qui avait fini par se remettre en route malgré moi, mon rythme cardiaque qui peinait à descendre et cette sensation persistante de froid qui ne voulait quitter mes membres, malgré la couette deux places pliée en deux et un plaid par-dessus qui me couvraient, je ne trouvai pas le repos. Vers vingt trois heures, enlisé dans un demi-sommeil spongieux, une notification sonore de mon téléphone m'arracha des bras faiblards de Morphée et me ramena à ma chambre froide. Vahine voulait savoir si Kati avait fini par rentrer. Je répondis « Non » et éteignis mon téléphone. Ma tête, elle, resta allumée.
Je me rendais compte que Kati me manquait. Puis je me rendis compte que Vahine me manquait, elle aussi, mais d'une façon plus physique. Devais-je expérimenter le poly-amour, voire le harem ? Encore faudrait-il que les deux filles soient d'accord. Mais

j'étais probablement trop conservateur pour oser cela, ou trop peureux - les deux notions se recoupent, de toute façon. Qu'importe sous quel angle j'examinais la chose, la tentative d'une double séduction suivie d'une fin abrupte semblait la solution la plus satisfaisante, mais la réalisation de ce fantasme me semblait plus incertaine que jamais. En aurais-je le courage, seulement ?

Puis petit à petit, je m'embourbai dans ce no-man's land entre sommeil et éveil, où nos cerveaux reconnaissent encore leurs propres pensées sans pour autant être capables de les maîtriser, de leur donner sens, suite ou direction. Alors, des éventualités improbables se frayèrent un chemin, écartant la raison, et je fus bientôt affolé par la crainte de Kati ne revenant jamais et Vahine me quittant, horriblement vexée de s'être fait snober durant toute une journée. Quand vers six heures trente le camion poubelle anéantit une dernière tentative du marchand de sable de me rallier à sa cause, je décidai de me lever, chancelant et d'humeur exécrable.

Trois cafés plus tard, assis à mon établi, j'eus l'idée saugrenue sortant d'un esprit embrumé, que la première des deux filles à me réclamer le violon que j'allais construire, serait l'heureuse élue. Autant m'en remettre au hasard pour trancher.

Cela faisait bien longtemps que je n'avais pas fabriqué de violon, et cet enchaînement de gestes maintes fois répétés, avec pour chaque geste un dosage de force et de précision spécifique, dans la finalité de transformer quelques bûches de bois en un instrument de musique, parvint à apaiser mes tourments.

Je commençais par préparer la colle d'os, faisant gonfler les perles de gélatine dans de l'eau froide. Pendant ce temps, je dégauchis une table d'épicéa fendue, et non sciée, de la meilleure qualité, ainsi qu'un fond de mon stock d'érable coupé en 1946 dans les Alpes bavaroises, pour les préparer au jointage.

Quelques passages sur la varlope, coincée dans l'étau de mon établi, et les surfaces de collage des joints centraux du fond et de la table étaient parfaits.

La gélatine ayant gonflé dans l'eau, je la mis à chauffer à feux doux dans un bain-marie, le temps de nettoyer et d'affiner un jeu d'éclisses en érable assorti au fond, à une épaisseur de 1,2 millimètres, d'abord avec un rabot à dents, puis en utilisant un ratissoir pour la finition.

Les étapes suivantes étaient le collage des joints du fond et de la table, opération assez délicate qui sanctionne toute erreur par un retour à la case départ, la préparation des tasseaux, leur collage provisoire au moule qui détermine le contour du violon, et leur taille correspondant à ce futur contour. Ensuite venait le pliage à la vapeur sur un fer chaud des « C », éclisses du milieu, et leur collage aux tasseaux préparés.

Au bout de trois heures, à neuf heures et demie à peine, j'avais déjà bouclé le travail qu'un débutant peine à effectuer en plusieurs jours.

Souvent, en apprenant que je suis luthier, les curieux me font la remarque suivante : « Ça doit être difficile comme métier ! » En fait non, pas du tout. L'apprentissage est ardu, mais en réalité, il suffit de ne pas avoir deux mains gauches, autant d'yeux attentifs et fiables, d'apprendre à maîtriser les outils, de répéter les gestes et de les intérioriser. Si en plus, on comprend pourquoi on fait ce que l'on est en train de faire, il n'y a plus aucun obstacle à la création de beaux et bons instruments.

Ce qui est difficile, c'est de les vendre sur un marché saturé. De faire croire aux clients que l'on est le nouveau Stradivari, nous, et pas un autre.

Car personnellement, je ne crois pas qu'il y ait des « génies luthiers ». J'en veux comme preuve ce fait de notoriété professionnelle, que certains violons du sus-nommé Strad ne suffisent pas aux exigences des solistes, menant ainsi des vies silencieuses et recluses dans des musées ou coffres forts, plutôt qu'entre les mains de musiciens. Une autre preuve encore plus parlante, concerne une mésaventure arrivée à un confrère : à l'époque, en tant que simple employé, il fabriquait de A à Z certains instruments pour un autre confrère, qui justement avait réussi à se créer un réputation de génie, et dont les instruments (je devrais dire plus justement : les instruments portant ses étiquettes) s'arrachaient, à des prix exorbitants. Je croisais l'employé sur un salon professionnel, où il tentait désespérément de vendre un alto de sa propre fabrication, et donc logiquement de la même qualité artisanale et sonore que ceux étiquetés par son employeur - moins cher, cela va sans dire. Tandis que « le maître » ait, ou prétend avoir, une liste d'attente de plusieurs années, sa « petite main » avait eu cinq essais de son alto durant les trois jours de salon, et en était reparti bredouille.

Ce que je veux bien admettre, par contre, c'est que de temps en temps, nous luthiers, sommes touchés par la grâce ; il nous arrive alors de réussir, un peu malgré nous, l'alchimie parfaite entre choix de bois, choix de modèle, style d'exécution, équilibre des tensions, créant alors un instrument qui au lieu de sonner, chante. Pour ceux d'entre nous ne pratiquent pas le marketing prophétique, ce sont les seuls que nous arrivons à vendre sans peine.

En attendant que la colle sèche pour que je puisse continuer le jeu d'éclisses avec les courbes du haut et du bas, j'avais à peine pris le bloc d'érable pour le futur manche en mains pour commencer à le dégauchir, que Vahine toqua à la porte de l'atelier et entra.

L'idée de fuir mes soucis en me jetant sur le travail sembla compromise.

« Tu me fais la tête, Benoît ? »

Elle avait l'air sincèrement affligé, les yeux cernés et la bouche boudeuse. Pour elle non plus cela ne semblait pas être un jeu.

« Non. Je fais la tête à un violon. »

Ma vanne eut le mérite de la dérider. J'enchaînai : « Non. Mais on a peut-être fait une bêtise.

- Je sais. C'est de ma faute. Tu as essayé de résister, mais je ne t'ai laissé aucune chance. »

Vahine eut un sourire de prédatrice triste.

« Euh. J'étais consentant quand même. Tu ne m'as pas violé à ce que je sache. Si j'avais vraiment voulu, je t'aurais envoyée paître.

- Vraiment ? » susurra-t-elle en haussant les sourcils et en s'approchant lentement de moi, le feu aux yeux et peut-être pas seulement. Vahine semblait une séductrice née, une compétitrice de l'amour, il fallait absolument quitter ce terrain glissant si je ne voulais pas m'enliser davantage dans l'ambiguïté et la confusion.

« Je ne suis pas prêt à quitter Kati. Ça ne fait même pas deux mois que nous sommes ensemble, ça se passe plutôt bien à vrai dire. En plus…

- Je me rappelle de nos échanges WhatsApp, l'autre jour, où ce n'était pas tout à fait ce que tu disais, me coupa-t-elle.

- Nous avons quelques difficultés de démarrage, rien d'insurmontable, me défendis-je, en y croyant plus ou moins.

- Je me rappelle d'auuutres échanges pas si lointains , insinua-t-elle en regardant en direction du canapé au fond de l'atelier, où tu me disais mot pour mot qu'entre moi et elle au lit, c'est le jour et la nuit. »

A présent, elle avait posé ses mains sur mes épaules et s'approchait de mon visage telle une torpille avançant vers sa cible.

Mon téléphone portable sonna. Sauvé par le gong. Ou condamné par le gong ?

« Allô ?
- Salut Benoît !
- C'est Kati ! » chuchotai-je.

Vahine se renfrogna.

Cachant le microphone du téléphone, je soufflai à Vahine: « Je viendrai te voir tout à l'heure ! et en pensées, j'ajoutai : ou pas ».

Après une courte hésitation qui me sembla interminable, elle tourna sur ses talons et quitta mon atelier.

« Benoît ?
- Ça y est, je t'entends, je ne capte pas bien. » mentis-je. Ça se présentait mal. J'étais soupçonné d'être à la maison avec une maîtresse, et je commençais par prétexter un problème de réseau. Minable.

« Arrête un peu ton cirque, veux-tu ?
- …
- Tu es seul, on peut parler ?
- Maintenant, oui.
- Tu as couché avec elle, n'est-ce pas ? »

La précédente fois, j'avais tellement mal menti, pris sur le vif, pas préparé, que je n'allais pas répéter la même erreur deux fois. Cette fois, j'étais préparé. Alors je ne mentis pas.

« Oui.

- Merci de dire la vérité. Autrement, ça aurait été fini entre nous. J'ai réfléchi. Je sais que je ne suis pas un cadeau, peut-être que tu es mieux avec cette fille - comment s'appelle-t-elle ?

- Vahine.

- Pas commun comme nom. Bref. Moi, je n'ai pas envie que ça s'arrête là.

- Moi non plus, dis-je d'une toute petite voix.

- Je t'aime Benoît. Je veux bien faire des efforts, travailler sur moi pour qu'on soit heureux ensemble. » affirma-t-elle d'une voix bien plus assurée que la mienne. Les larmes me montèrent aux yeux.

« Oui…

- Je t'appelle du travail. Je rentre vers dix neuf heures. On parlera.

- Oui… »

Y a-t-il quelque chose de plus pitoyable au monde qu'un homme pris en flagrant délit d'infidélité ?

Je me remis au travail, sachant désormais pour qui serait ce nouveau violon. Je fis voler les copeaux d'érable en dégauchissant au rabot denté la future tête, traçai au crayon le contour à l'aide d'un gabarit - je m'étais décidé pour un modèle Stradivari de la période dite d'or. Pour l'iconoclaste que j'étais, un choix aussi classique représentait un vrai défi. Me servant de ma fidèle scie à ruban (elle m'accompagnait depuis seize ans, le temps de cinq relations amoureuses, dont trois sérieuses), je découpai le contour. Ce qui indiquait clairement à Vahine, dont la chambre se situait juste au dessus de la machine bruyante, que j'avais fini mon coup de fil et que je ne venais donc pas la voir, du moins dans l'immédiat.

J'eus un pincement au cœur, imaginant sa déception et sa souffrance. En même temps, je ne pus m'empêcher de ressentir une sorte de satisfaction perverse, repensant à toutes ces filles du passé qui m'avaient infligé pareil châtiment en m'ignorant ou en me baladant. Je dégustais le fait de pouvoir désormais à mon tour exercer cette emprise sur quelqu'un.

Mais je pensais surtout à Kati, et à nos retrouvailles annoncées du soir.

A midi, je décidai d'aller au Japonais du coin, celui où j'avais fait déguster ses premiers sushis à Vahine six mois plus tôt. Cette fois-ci, j'y allais seul, tandis qu'elle se morfondait à cinq cent mètres de là dans ma maison. En fait, je me sentais plus fidèle à Kati dans la mesure où je me sentais plus méchant avec Vahine.

Après une sieste plus que nécessaire, je repris la fabrication du jeu d'éclisses et continuai la tête, découpant d'abord grossièrement les côtés du futur cheviller à la scie à ruban, puis commençant, tour à tour avec petite scie et gouges de différentes tailles et courbures, à dégager la volute du bois brut du manche. Ce travail-là demande tellement de concentration que je réussis réellement à bannir les deux succubes de mon esprit pendant quelques heures.

Vahine, qui semblait avoir abandonné l'idée que je vienne la voir, m'envoya un SMS dans l'après-midi, demandant si elle pouvait monter à ma cuisine faire une machine à laver. (Puisque la colocation en était dépourvue, je proposais ce service depuis la mise en location du rez-de-chaussée.)

« Bien sûr ! » répondis-je, grand seigneur.

Quand Kati se pointa à l'atelier à l'heure annoncée, j'avais bien avancé la tête, et en plus avais eu le temps de plier les contre-éclisses et de les coller des deux côtés dans le jeu d'éclisses, qui du coup était quasiment terminé. Autant dire que ça commençait vraiment à ressembler à un violon.

Voyant mon travail, Kati s'exclama : « Oh, un nouveau violon ! Il est pour moi ? Pour te faire pardonner ? »

La question fut donc tranchée.

« Il semblerait, oui. »

Nous nous prîmes les mains et nous regardâmes dans les yeux un long moment. Mes larmes montèrent en premier. L'alchimie fonctionnait toujours.

Finalement, je tombai dans les bras de Kati, accrochant des copeaux sur son pull-over. Puis nous nous embrassâmes doucement et longuement, et ce qui restait de Vahine dans mon cœur s'évapora comme une flaque d'eau au soleil de midi.

Kati se désengagea délicatement et me demanda : « Donc. Dis-moi de quoi il en retourne avec cette Vahine ? »

Je lui racontai alors toute l'histoire, depuis notre rencontre à Chartres, mon coup de foudre, notre entrevue à l'atelier en mai, son voyage au Brésil, son rapatriement avec mon aide, jusqu'à sa tentative de séduction réussie, sans toutefois évoquer mon fantasme l'incluant, elle, tout autant que Vahine.

« Les vrais héros sont poilus, hein, c'est ça ? me moqua Kati.

- J'aurais dû la laisser s'échouer là-bas ?

- Non, certainement pas. Mais si tu veux mon avis, elle ne se serait pas échouée du tout, elle aurait bien trouvé un plan B. J'ai du mal à imaginer qu'elle n'avait pas tout calculé une fois que son Dave l'ait abandonnée.

- Je ne sais pas… doutai-je. Mais les soupçons de Kati me paraissaient justifiés.

- Vous avez fini pour aujourd'hui, Monsieur le luthier ? On monte ? demanda-t-elle.

- Oui, en espérant de ne pas croiser Vahine. Ça me ferait chier là, tout de suite. Elle devait faire une machine à laver. Mais c'était dans l'après-midi, donc normalement, on ne craint rien.

- Tu crains ta locataire ? voulut savoir Kati.

- Un peu, oui. J'irai la voir demain pour lui demander de se trouver un autre endroit où crécher. »

En entrant dans la cuisine, Kati râla : « Je veux bien que ta « locataire » - les guillemets furent clairement audibles - utilise ta machine à laver, mais est-ce qu'elle est obligée d'empester la cuisine pour autant ? »

Vahine avait apparemment passé le temps que la machine finisse d'essorer, à fumer dans le jardin d'hiver adjacent à la cuisine, sans fermer la porte entre les deux.

A vrai dire, ces relents de clope commençaient à sérieusement me casser les couilles. Déjà, où trouvait-elle l'argent pour s'en acheter, elle qui n'avait pas de quoi me régler un loyer ? J'ai toujours été scotché par la nonchalance avec laquelle certains fumeurs fauchés crament littéralement leurs maigres deniers. Comme s'ils préféraient se laisser mourir de faim plutôt que de ne pas se faire mourir d'un cancer. Un double suicide, en quelque sorte. Du coup, un concept assez intéressant, finalement. Mais trop lent et trop incertain à mon goût. Et surtout dégueulasse.

« Je lui toucherai un mot.
- Evite de lui toucher autre chose ! »

N'ayant aucune envie de partir dans des disputes stériles, plutôt que de répondre à sa provocation - tout à fait justifiée par ailleurs - je m'approchai de Kati et, la prenant dans mes bras, la complimentai pour la belle répartie.

« Jolie. La jalousie te rend cynique, ça m'excite.
- Tu n'as encore rien vu ! »

Elle m'embrassa sauvagement, finissant sur une morsure qui me fit saigner la lèvre.

« Cynique et méchante ! dit-elle avec un regard incendiaire.
- Sanguinaire même. fis-je remarquer en goûtant le sang qui s'accumulait dans la commissure de mes lèvres. Tu vas me cogner aussi ?
- Pas de suite, mais il te faut bien une punition. »
Sur ce, elle glissa ses mains délicates de musicienne sous mes vêtements et descendit ses ongles le long de mon dos de toutes ses forces. Je gémis.
« J'ai été si méchant que ça ?
- Encore plus ! »
Sans me lâcher, elle attrapa le torchon suspendu au billot contre lequel elle m'avait plaqué et me banda les yeux.
« Oh-oh ! fis-je en commençant à être réellement inquiet, car avec ses ongles dans mon dos, elle n'avait vraiment pas fait semblant.
- Couche-toi là ! m'ordonna-t-elle.
- Quoi, sur le sol de la cuisine ?
- Couché... » siffla sa voix tout près de mon oreille.
Je m'exécutai, me couchant au milieu de la cuisine. J'entendis le bruit de ses talons tournant autour de moi, sa proie. N'étant pas ligoté, je tentai de lui caresser la jambe lors d'un passage.
« Pas touche ! »
Au lieu de quoi elle commença à s'affairer sur mon entrejambe avec la pointe de sa chaussure. Je n'avais jamais rien expérimenté de tel, jetant comme la plupart de mes congénères un regard assez sceptique, voir hostile sur les pratiques sado-masochistes. Mais dans cette situation, ce n'était pas la même chose. Ou peut-être que si justement ?

Toujours est-il que ce jeu - pour peu que cela en soit un - m'excitait d'une drôle de manière. Elle se coucha sur moi et, en me prodiguant ce qui partit pour être un joli suçon au cou, me serra les bourses à travers mon pantalon, fort. De nouveau, je gémis.
Et puis, on toqua à la porte.

« C'est pas vrai ! désespéra Kati.
- Benoîîîît ? » espéra Vahine derrière la porte.
Je m'étais mis dans un beau pétrin, le cul entre deux chaises.
« Fais-la partir ! » m'intima Kati entre ses dents, se levant. Je me défis du bandeau-torchon et traînai mes pieds vers l'entrée, un suçon au cou, une goutte de sang sur le menton, et une trique moribonde dans le caleçon.
« Ça vaaa ? » chanta Vahine dès que la porte fut entrouverte, passant à l'attaque, faisant pétiller ses yeux comme elle seule savait le faire. Puis, voyant le sang sur mon menton : « Wouah ! Ça va ???
- Je me suis coupé en léchant un couteau. » mentis-je. Cela la fit rire.
« Je pensais que c'est ce qu'on racontait aux enfants pour leur apprendre des manières, mais je ne savais pas que ça pouvait réellement arriver ! »
Et déjà elle était dans le couloir et la porte fermée derrière elle.
Kati sortit de la cuisine.
Vahine se raidit.
Je me figeai.
Kati jaugea Vahine.
Vahine soutint son regard.

Je cherchai quelque chose à dire.
Kati inspira profondément.
Vahine s'apprêta à parler.
Je m'attendais au pire.
Le pire me fut épargné pour cette fois.
Toute jovialité ayant disparu, et face à la mine assassine de Kati, Vahine, jalouse, blessée, se faufila finalement dans la cuisine en murmurant qu'elle avait oublié un truc dans la machine à laver. L'ayant récupéré, elle ne put s'empêcher de sortir en brandissant son string rose en dentelle devant elle.
« A très bientôt ! » dit-elle en fermant la porte un chouia trop vigoureusement.
Kati et moi n'avions même pas réussi à en placer une, que ce soit à propos de l'odeur de cigarette ou du respect de notre intimité.

Comment se fait-il que les gens les plus insolents ne se font jamais remettre à leur place ? Il y a de ces faiseurs-avaler-de-couleuvres quasi-professionnels qui charment, manipulent et entubent avec un tel naturel, une telle aisance qu'on en reste coi. Certaines personnes semblent abonnées à l'impunité et s'en tirent à bon compte sans être inquiétées, quoi qu'elles disent, quoi qu'elles fassent. Est-ce dû à nos instincts primitifs, voire primates, de soumission face aux individus dominants ?

Passablement remué par l'apparition soudaine de Vahine, sa prestance, son regard, son culot, la façon dont Kati s'était écrasée face à elle, je fus une fois de plus précipité dans le doute. Au fond, j'étais moi-

même un lâche, incapable d'aller au bout de mon infidélité, de laisser tomber Kati pour Vahine. Et puis, je ne me sentais pas de taille à affronter une nouvelle séparation. Était-ce finalement un choix par défaut ?
Kati me regarda en en haussant les sourcils.
« Elle n'a vraiment aucune gêne, cette nana !
- Dixit la fille qui était partie pour me torturer sur le sol de la cuisine ! » lui rétorquai-je.
Indécis à nouveau, je ne pus pourtant me résoudre à abandonner les retrouvailles érotiques avec Kati en si bon chemin, elle s'y était si bien prise.

Avec un câlin et quelques baisers distraits, je réussis à la remettre en confiance, elle ne demandait que ça. Hélas, l'Amazone dominatrice en elle avait disparu, vaincue par une guerrière autrement impitoyable.
Déboussolé, las, peu inspiré, je la guidai donc vers la chambre et nous atterrîmes dans le lit défait, le théâtre de nos plus cuisantes défaites.
Ayant appris à la connaître, je jouai sur ses cordes sensibles, afin de faire monter son envie, et la mécanique bien huilée occasionna l'effet escompté, à savoir de bien huiler sa mécanique à elle. Je la pris en missionnaire et ne pus m'empêcher de penser à la chevauchée fantastique que Vahine m'avait prodiguée deux jours auparavant. C'était peut-être cela qui me fit jouir assez rapidement, accompagné et encouragé par les petits gémissements polis et rythmés de Kati.
Qui était, évidemment, restée sur sa faim, comme d'habitude.

Alors je lovai mes lèvres sur son con encore mouillé et commençai à décrire des cercles autour de son clitoris, puis à le lécher en aller-retours réguliers, de plus en plus vite. J'avais l'impression qu'elle gémissait autant pour se donner du courage à elle-même qu'à moi. Cela dura un long moment, trop long, je commençais à avoir la langue engourdie et approchais inexorablement de la paralysie linguale. Sentant ma vigueur buccale flétrir, Kati repoussa énergiquement ma tête en arrière et commença à entreprendre sa fouffe elle même. Mes glandes salivaires éloignées du théâtre d'opération, elle fut bientôt en train de se frotter à sec, les gémissements se transformèrent en grognements, et je ne savais pas s'il fallait imputer sa respiration saccadée au plaisir, à l'effort ou à la douleur. Impuissant, je contemplai tout cela, ce spectacle dans d'autres circonstances émoustillant ne m'inspira qu'une profonde pitié. Au bout d'un trop long moment, l'ange gifla son mont de vénus lisse et irrité, en rugissant : « Putain de moule de merde ! »

Elle se roula sur le côté et commença à sangloter. Je l'enlaçai par derrière, me collant contre elle pour la rassurer, et parce que nu et immobile, je commençais à avoir froid dans la chambre en ce mois de novembre. Assez vite, je me vis obligé d'extirper la couette de sous nos corps pour nous couvrir. J'éteignis la lumière et commençai à voguer vers les bras de Morphée, collé contre Kati.

Avec une toute petite voix, elle chuchota :

« Ta meuf, elle a la chatte cassée.

- Mais non. » murmurai-je, en n'étant pas tout à fais sûr de le penser.

La phrase suivante me parvint déjà de très loin, de derrière un mur de coton.

« Il va falloir user de subterfuges à nouveau, comme au club libertin. A deux au lit, ça ne marche pas. Et dans la forêt encore moins, d'ailleurs. Puis mon plan SM prémédité s'est fait dynamiter par Vahine. Il faudrait une troisième personne. C'est bête que je n'ai pas demandé son numéro à Xavier … Et Vahine, justement ? Si l'on demandait à Vahine ? Tu serais content, non ? »

Tel un chat aspergé d'eau, la fatigue déguerpit de mon esprit.

« Pardon ? interrogeai-je.

- Eh bien, elle te plaît, tu as déjà couché avec elle… elle est jolie… ça m'avait bien excité au club libertin de voir d'autres couples baiser. En plus, à la fin, je me suis fait lécher par Marie. C'est comme ça que j'ai joui pour la troisième fois. Toi, tu as eu ta première expérience homosexuelle ce soir là avec Xavier. Eh bien, moi aussi - avec Marie. Je ne te l'ai jamais raconté parce que tu ne m'avais pas demandé ce qui s'était passé après ton départ.

- Alors maintenant, je demande. Donc le deuxième orgasme, tu l'as eu comment ? Avec qui ?

- Tu vas être jaloux !

- Si j'étais jaloux de ce qui se passe dans un club libertin, je serais vraiment mal barré.

- Je me suis fait baiser par Pierre en levrette tout en suçant Xavier. Juste à côté de nous, Nico a entrepris Clara. Une vraie orgie. J'ai eu un orgasme cent pour

cent vaginal. Je n'en revenais pas moi même. J'aurais bien aimé vivre ça avec toi, mais tu n'étais plus là…
Peut-être qu'au fond, je suis juste un grosse cochonne, et les plans trop conventionnels ne me satisfont tout simplement pas ? »
Il était évident qu'elle avait repris du poil de la bête, qu'elle n'était pas prête à se laisser abattre. Kati s'était mise en mode l'attaque est la meilleure défense. Que de chemin parcouru, entre ma reconquête et ce revirement. L'ange finalement pas si perdu que ça, avait des réserves insoupçonnées. J'étais fier d'elle.

******

Vous connaissez cette fatigue qui vous tombe dessus non pas le lendemain, mais le surlendemain des nuits blanches ? En me levant, j'y eus droit. Mes membres paraissaient subir une attraction gravitationnelle accrue et mes neurones pataugeaient dans la vase.
D'autant plus que Kati et moi avions encore passé un long moment à élaborer la mise en scène de notre triolisme, avant que je ne tombe dans un sommeil agité et peu réparateur.
Naïvement, imprudemment même, nous nous étions abstenus d'aborder les implications sentimentales de notre combine. Ou disons plutôt que cela était naïf et imprudent de la part de Kati, car l'issue fatale que je recommençais alors sérieusement à envisager, faisait fi des histoires de jalousie et de cœurs brisés. Ainsi, nous nous étions limités à l'évocation des stratégies

de séduction à mettre en place pour mettre Vahine dans notre lit.

Il fut décidé de ne pas tarder, pour éviter que cette dernière ne se renfrogne, ou pire se désintéresse de moi et de tout plan (cul) que j'aurais pu lui proposer. Puis Kati avait vraiment envie d'en découdre. J'étais espanté par ce désir qu'elle avait de tirer profit de mon infidélité, et ne pus m'empêcher d'y trouver un côté kamikaze. Mais puisqu'au fond, c'était exactement ce à quoi j'aspirais, je ne m'en formalisai pas.

C'était donc le jour-même, que cela devait se passer, avec d'abord une présentation amicale pour chasser les mauvais esprits de la veille, puis une invitation à dîner, au cours duquel nous allions tenter de la gagner à notre cause érotique. Depuis nos échanges remontant à son séjour brésilien, quand je lui avais parlé du fantasme la mettant en scène en plus d'une autre fille, j'étais au courant que Vahine avait déjà eu des expériences de triolisme, et qu'elle en gardait un souvenir émoustillé. Vahine ignorait par contre que Kati était l'autre protagoniste de mes rêveries - qui elle, en ignorait absolument tout.

Voilà ce qui fut évoqué jusqu'assez tard dans la nuit entre Kati et moi.

Elles s'était rapidement endormie, alors que de mon côté, j'avais encore ruminé pendant un long moment, m'efforçant sans succès de transformer mon indécision en détachement, en tout cas envisageant à nouveau sérieusement la mise en œuvre de mon plan pour quitter cette vie en beauté. La réalisation de mon rêve. Si jamais j'en avais le courage.

Étrangement, le suicide n'a pas bonne presse, bien que ce soit une solution élégante et définitive à l'intégralité des problèmes personnels, permettant en outre, à petite échelle, de lutter efficacement contre bon nombre de problèmes sociétaux comme : la surpopulation, la surconsommation, la pollution, le vieillissement, le manque de logements, j'en passe et des meilleures, sans parler de l'aubaine que représente l'impôt sur la succession. Par ailleurs, et c'est ce qui m'intéresse, le suicide est le moyen le plus sûr de se prémunir contre la décrépitude, ou le cas échéant de la faire cesser net.

Il s'agissait donc, pour le soir-même, de préparer deux évènements majeurs : premièrement, la séduction de Vahine, suivie de notre partie de jambes en l'air à trois qui serait susceptible, m'imaginais-je, en me remémorant les évènements avec Kati au club échangiste et la récente baise avec Vahine dans mon atelier, d'exaucer mes souhaits les plus osés d'apothéose sexuelle ; et deuxièmement : mon suicide.

Mais pour le moment, je me traînais comme si j'avais le double de mon âge. Ce qui m'arrangeait, à vrai dire. Car c'est dans cet état que j'allais voir mon médecin traitant, me plaignant d'insomnies cruelles et répétées, afin qu'il me prescrive les somnifères les plus puissants possibles. Le sachant plutôt adepte de la méthode forte, je ne fus pas déçu. En rentrant de la pharmacie, je passai chez le coiffeur, puis au sex shop pour acheter une ceinture gode à attacher soit à

Vahnie soit à Kati, qu'importe, et destinée à pénétrer mon propre cul - ça, j'y tenais vraiment.

Avant de m'écrouler sur le canapé pour une sieste qui s'imposait, j'envoyais un texto à Vahine :

« Tu es disponible ce soir ? On aimerait t'inviter à dîner ! »

Je me disais qu'elle ne pouvait pas ne pas réagir à cette convocation, et ce fut une heure plus tard qu'un « bing » familier me réveilla d'une sieste de plomb. Il lui avait certainement fallu tout ce temps pour réfléchir à cette drôle d'invitation vu les circonstances.

« Avec plaisir ! Je rentre vers 19:00. Est-ce que vous voulez que j'amène quelque chose ?

- Fais-toi belle, ça suffira ;-) » lui répondis-je, espérant parachever son trouble.

Pendant les deux heures qui suivirent ma sieste, j'étais encore bien vaseux, mais je finis par émerger et décidai de passer le reste de l'après-midi à l'atelier pour continuer le violon commencé la veille. La concentration requise me permit de lutter contre une excitation et une fébrilité montantes.

Je finis le jeu d'éclisses en taillant les contre-éclisses, je rapportai le contour des éclisses sur le fond et la table et les découpai à la scie à ruban. Avec un trusquin, je marquai l'épaisseur du futur bord sur les tranches de fond et table et me mis à ébaucher la voûte du fond avec une grosse gouge à manche long. Ce travail physique finit par définitivement remettre mon organisme en marche. Je me fis la réflexion que ce violon resterait peut-être inachevé, et je trouvai un côté très romantique à cette éventualité. Quand vers dix huit heures Kati rentra, j'étais en tee-shirt avec de grosses auréoles de transpiration sur le dos, la poitrine et sous les bras.

Je l'aidais à ranger les courses pour la soirée à l'étage, puis nous profitions de mon immense douche pour sauter dedans en même temps. Elle était vraiment belle, tout de même, cette fille. Quelle grâce, quelle allure, quelle tonicité ! Et quel gâchis, qu'un corps si baisable soit si réfractaire à éprouver du plaisir !

Fraîchement lavés et habillés en robes de chambre, nous décidâmes de faire d'abord la cuisine, et de nous mettre sur notre trente et un par la suite, afin d'éviter de tacher nos beaux vêtements.

Pour mon peut-être dernier repas (sous prétexte de séduire Vahine), je tenais à être gâté. Le menu se présenta comme suit : en entrée, salade faite de crevettes, roquette, pamplemousse, avocat et pignons de pin, suivi d'un osso bucco, le tout clôturé par une mousse au chocolat noir.

Kati et moi adorions cuisiner à quatre mains. Je commençai ma contribution au repas en cherchant une bouteille de Bourgogne à la cave, la décantai, puis j'attaquai la préparation de l'entrée. Elle s'occupa d'abord de la préparation de l'osso-bucco, puis enchaîna sur la mousse au chocolat.

Kati n'avait pas fait semblant, tous les ingrédients sortaient d'une épicerie fine spécialisée en produits locaux, label rouge et/ou agriculture biologique. Les avocats étaient tellement à point que la peau s'en détachait à l'aide d'un regard un peu tranchant, et leur chair était d'un vert pâle immaculé. Les crevettes étaient impressionnantes, de couleur orange vive et juteuses à souhait. En les décortiquant, ça giclait de partout, y compris sur ma robe de chambre. Quand j'ouvrais le sac en papier contenant la roquette, son parfum m'explosa à la figure. Les tranches de gigot de veau n'avaient pas moins fière allure, disputant la vedette aux tomates qui en cette fin novembre avaient encore un air d'été finissant. Ma carte bleue avait dû chauffer !

Nous étions évidemment à la bourre. Vers sept heures moins le quart, alors que l'osso-bucco se prélassait à feux doux dans son bain de sauce tomate agrémentée d'ail et d'herbes, Kati abandonna son poste pour se changer et se maquiller. Une fois ma salade assaisonnée de crème fleurette, jus de citron vert, sel, poivre et deux pincées de sucre vanillé, il m'incomba l'étape la plus délicate de la préparation de la mousse au chocolat : mélanger le chocolat fondu et les jaunes d'œufs aux blancs d'œufs battus en neige, sans que ces derniers ne s'effondrent ni ne se liquéfient. En cours de route, pour le côté original et surtout le côté prétendument aphrodisiaque, j'ajoutai du piment de Cayenne.

A sept heures moins deux, modérément paniqué et toujours en robe de chambre, j'envoyai un message à Vahine :

« Nous sommes à la bourre. On descend te chercher dans quinze minutes. »

Je mis la table avec la jolie vaisselle espagnole en céramique rouge, posai les ramequins avec différentes olives, crackers et pistaches pour l'apéritif, et j'allumai une petite dizaine de bougies éparpillées dans le salon - salle à manger, pour avoir une lumière plus intimiste. Je fis de même dans la chambre et fis le lit avec des draps frais et propres. Le choix musical ne fut pas simple. Finalement, j'optai pour les Nocturnes de Chopin. Est-ce qu'une ambiance romantique est aussi propice à la séduction en vue d'une partie à trois que d'une partie à deux ? C'est ce que nous allions voir.

En faisant la cuisine, Kati et moi avions mis au point notre stratégie vestimentaire : profitant du fait que nous étions « le couple proprio », plus âgés que Vahine de surcroît, sachant en plus qu'elle même était adepte d'un style très décontracté, nous allions souligner notre prétendue supériorité sociale pour la mettre en position d'infériorité et la rendre d'autant plus facilement manipulable.

Bien sûr que c'était autant pour Katie que pour moi davantage un déguisement que la traduction de nos vraies inclinaisons et goûts vestimentaires. Mais ne dit-on pas que la fin justifie les moyens ?

Ainsi, je mis un pantalon à pinces gris foncé, des souliers derby marron clair avec une ceinture assortie, et une chemise ajustée rouge sang (la couleur de la domination) avec des accents gris à l'intérieur du col, des manchettes et de la boutonnière.

Kati, elle, sortit de la salle de bains attifée en « working girl dévergondée ». Sa blouse blanche taillée était déboutonnée jusqu'au soutien-gorge blanc, que l'on devinait plus ou moins selon l'angle de vue, une jupe noire ajustée arrivant à mi-cuisses, légèrement fendue et laissant ainsi apercevoir le haut de ses bas résille, avec une jarretelle au motif floral. Des escar-

pins noirs étaient évidemment de rigueur. Elle avait à nouveau fait un beau travail de maquillage, soulignant son regard, le fard était plus classique et moins abondant que lors de notre virée au club libertin, de couleur bleue. Son rouge à lèvres était assorti à ma chemise, sa coiffure sophistiquée tenue en place par plusieurs épingles à cheveux. Très efficace, très classe - et à croquer.
Je ne pus m'empêcher de siffler à son apparition. Avec un large sourire, elle me dit : « C'est vraiment le top d'avoir une meilleure amie qui fait pile ta taille, et qui a un dressing qui déborde ! »
Là-dessus, elle me colla un gros smack, laissant une légère trace de rouge à lèvres du meilleur effet sur ma bouche.
Ainsi, le couple de faux bourges que nous n'étions pas, descendit au rez-de-chaussée pour séduire Vahine, la tentatrice.

Elle nous ouvrit habillée d'un grand sourire et de la robe en coton vert feuille que je connaissais déjà. Ayant espéré qu'elle se soit vraiment faite belle, je contenais ma déception, car j'avais de toute façon l'intention de ne pas lui laisser ses vêtements pendant bien longtemps. Ma foi, au lieu d'envisager une charmante addition à sa garde-robe, elle avait dû claquer tout ce qui lui restait comme liquidités dans des clopes.
Sa coiffure par contre était très sympathique, avec des mèches en tire-bouchon lui descendant des tempes, et un joli chignon sur la tête - ce côté romantique allait très bien avec les Nocturnes de Chopin,

que Vladimir Horowitz avait déjà commencé à jouer au salon - magique, la technologie !

Kati fit une grosse bise à Vahine, et les larges sourires des deux filles avaient l'air on ne peut plus sincère. Soit, elles étaient toutes deux des comédiennes hors pair. Soit, elles se sentaient vraiment à l'aise l'une en présence de l'autre du seul fait de cette invitation et de la perspective de partager un bon repas - et dans l'espoir de partager bien plus par la suite ?

« Tu es prête, on monte ? chantonna Kati.

- Oui, allons-y ! » se réjouit Vahine.

Nous plaçâmes Vahine à la pointe arrondie de la grande table triangulaire, et Kati et moi nous assîmes de part et d'autre d'elle, la cernant. Je fis péter le champagne, imprimant une marque au plafond, qui fut dûment commentée, et nous servis une belle rasade à tous les trois pour accompagner l'apéritif.

Vahine honora toute cette petite mise en scène d'un regard subjugué et admiratif. Comme disait l'autre : « On n'a pas deux fois l'occasion de faire une première impression », et celle-ci sembla particulièrement réussie.

Kati porta alors un toast : « A notre nouvelle locataire ! » Elle était à fond.

Vahine eut l'air un poil intimidé : « Merci, c'est vraiment gentil. »

De toute évidence, Kati était en train de réussir son objectif de prendre l'ascendant sur Vahine, du moins pour le moment.

« Tu sais, lui dit-elle en transperçant vigoureusement une olive d'un cure-dents, il ne faut pas croire que nous mettons les petits plats dans les grands comme ça à chaque arrivée d'une nouvelle locataire ! Mais il se trouve que je suis moi-même violoniste, peut-être que Benoît te l'a déjà dit ? Et ça, c'est quand même extraordinaire, deux violonistes sous le toit d'un luthier, qui en plus est, lui-même, pianiste ! Heureux hasard, ou signe du destin ?

- Haha, je ne sais pas, répondit prudemment Vahine.

- On pourra peut-être faire de la musique ensemble ! En plus, Benoît compose un peu, tu le savais ? Il pourra composer quelque chose pour deux violons et piano ! s'exclama-t-elle en brisant un cracker en deux.

- Oh, ça fait des lustres que je n'ai rien composé, je ne sais pas si j'y arriverai encore, me défendis-je. Puis je ne sais pas si j'aurai le temps et la disponibilité pour le faire.

- Mais si, tu y arriveras ! Avec deux muses pour t'inspirer ! » affirma Kati, broyant la coquille d'une pistache récalcitrante entre ses molaires, en faisant un large sourire à Vahine. Face à la gestuelle de Kati, j'en vins à me demander, si elle voulait séduire Vahine ou la menacer.

Le verre de Kati était déjà vide, Vahine et moi n'avions bu que deux petites gorgées. Ça promettait. Kati se resservit.

« Tu joues quel genre de musique en fait, Vahine ? voulut savoir Kati, le verre de Champagne à nouveau aux lèvres.

- De l'impro Jazz, et depuis mon séjour au Brésil de plus en plus de Forró.

- Sérieux ? » L'attitude de Kati changea soudainement.

« J'adore !
- C'est vrai ? J'ai fait des stages avec des super musiciens là-bas, trois mois d'immersion totale. Je voudrais justement faire la promotion du Forró en France, organiser des concerts, animer des stages de musique, de danse, créer des ensembles, tout ça...
« C'est génial !
- Et toi, tu fais quoi ? s'enquit à son tour Vahine.
- A la base beaucoup de classique, mais depuis quelques mois, je m'initie à la musique tzigane de Roumanie.
- Ooooooh, trop chouette ! » se réjouit Vahine.
Les deux filles parlaient désormais violon sur un pied d'égalité. Je me sentis un peu la cinquième roue du carosse. Horowitz et Chopin aussi semblaient à côté de la plaque en fond de ce vibrant hommage à la musique du monde.
Enfin, ce n'était pas très grave, pourvu qu'elles se plaisent et se séduisent. J'étais prêt à m'occuper du reste. Mais dans un premier temps, je m'employai à servir l'entrée, en mettant l'eau pour les tagliatelle à chauffer au passage dans la cuisine.

Vahine et Kati me complimentèrent pour l'entrée réussie, et je dois avouer qu'elle l'était vraiment. Maintenant, c'était Vahine qui se resservait, faisant preuve d'un appétit d'ogresse et j'en vins à me demander si elle n'était pas tellement juste financièrement qu'elle était obligée de se rationner au niveau de la nourriture. Prestement, l'entrée toute entière avait disparu dans des bouches goulues, et la bouteille de champagne avec. Kati avait à nouveau, une

fois n'est pas coutume, pris des couleurs. Cela la rendait encore plus craquante. Imaginez un peu la collègue de bureau sur laquelle vous aviez toujours fantasmé, apprêtée et légèrement pompette, lors d'une soirée d'entreprise, à vous jeter des regards équivoques derrière son verre de champagne. Kati en ce moment, c'était exactement ça. Ils avaient eu tort de la refouler à l'école de théâtre ! Soudain, j'eus le soupçon qu'elle avait peut-être besoin de jouer un rôle, de devenir autre qu'elle-même, pour pouvoir se lâcher sexuellement.
Quant à Vahine, elle avait définitivement retrouvé toute l'assurance, l'entrain et la superbe qui faisaient son charme irrésistible.

Et le miracle se produisit ! A ce moment, le besoin de me décider pour l'une d'entre elles, de choisir entre l'ange et la reine, disparut. Elles me subjuguaient autant l'une que l'autre, j'étais admiratif et amoureux des deux, comme je l'avais rêvé.

Je commençai à leur caresser les nuques, les épaules, les seins, Kati de la main gauche, Vahine de la droite. Elles se laissaient faire, cessant leur conversation et se lovant contre mes bras baladeurs. Au bout d'un moment, leurs mains se rejoignirent tendrement sur la table.
Je les laissai à leur trouvailles et revins de la cuisine d'un air triomphant, exhibant l'osso-bucco et les tagliatelles fumantes telle une offrande.
Le plat était tout aussi excellent que l'entrée, Kati avait parfaitement réussi l'assaisonnement de la

sauce, et la cuisson de la viande et des pâtes était impeccable. Je servis le vin rouge.

Nous commençâmes à déguster en nous faisant du pied sous la table et en nous jetant des regards aguicheurs. Ce risque gênant de malencontreusement faire du pied à la mauvaise personne, était écarté d'office. La conversation avait cessé, du moins celle qui a besoin de mots. Entre deux bouchées, je me penchai vers Vahine et l'embrassai langoureusement, remarquant avec satisfaction que sa bouche n'avait aucun goût de tabac. Puis je me rassis en jetant un regard provocateur en direction de Kati. Elle répondit en se penchant à son tour pour rouler une formidable pelle à Vahine, qui à présent se liquéfiait sur sa chaise, poussant de petits bruits ravis. Reprenant sa respiration, les joues aussi roses que celles de Kati, elle demanda, naïvement : « Vous avez prévu tout ça, non ? »

Simultanément, nous lui répondîmes : « Ah bon, tu crois ? ce qui nous fit éclater de rire tous les trois.

- Ça te pose un problème ? » lui demandai-je - bêtement. J'aurais mieux fait me taire, car cette réflexion sortit Vahine de son ravissement.

« Je ne sais pas. Non, je ne pense pas. C'est bizarre. Je ne sais pas trop quel est mon rôle là-dedans.

- C'est à toi de l'écrire. » dit-alors Kati, et je fus incapable d'interpréter le ton qu'elle donna à sa voix.

Nous reprîmes les ripailles, mais une légère gêne s'était insidieusement insinuée. Nous réussîmes finalement à la dissiper à bout d'osso-bucco, en nous mettant, Kati et moi, à toucher, caresser et embrasser Vahine, assise sur sa chaise, qui se laissait faire de bonne grâce, cessant finalement de poser des questions.

En la mangeant - ou la léchant plutôt - les uns sur les doigts des autres, la mousse au chocolat arrangea davantage les choses, et le piment, après avoir fait son petit effet de surprise escompté, remit du rose sur toutes les joues, et accessoirement du feu sur nos lèvres et dans nos bas-ventres.

La défunte carafe de Bourgogne fut remplacée par une petite bouteille de Limoncello, à laquelle nous réglâmes également son compte. Je commençais à être passablement saoul, ce qui augmenta la puissance de mon double sentiment amoureux, mais ce qui allait à coup sûr diminuer mes capacités au lit, qui pourtant se devaient d'être doubles ce soir-là.

Et puis, le repas terminé et la digestion enclenchée, j'eus un coup de barre monumental.

Laissant la table du dîner, nous nous rendîmes dans l'alcôve du temple de Vénus éclairée d'une dizaine de bougies, et nous y vautrâmes sur le lit faisant office d'autel. Ma fatigue livrait un âpre combat à mon désir. Allongé sur le dos, je me fis embrasser et déshabiller par les deux filles à tour de rôle, les yeux clos de volupté, mais ainsi au chaud et à l'horizontale, je manquai de m'endormir. Avec un effort surhumain, je me redressai et pris part au déshabillage d'un ange et d'une reine, chose peu commune, qui eut le mérite de m'exciter et donc de me réveiller un tantinet. Kati avait mis un ensemble très sexy en dentelle blanche digne d'une mariée coquine, et même Vahine semblait avoir trouvé dans les profondeurs de son sac à dos, un ensemble noir transparent brodé de fleurs roses. L'envie de bailler était très difficile à contrôler, ce qui mobilisait presque toute mon attention. Si à ce moment il n'y avait eu qu'une des deux filles, il est probable que je n'aurais même pas réussi à bander. Mais le fait de les avoir toutes les deux en lingerie fine au lit avec moi, collées contre mon corps de part et d'autre, mes mains glissées sous leurs strings, jouant avec leurs deux chattes mouillées en stéréo, tandis que je me faisais couvrir de caresses et de baisers, me faisais effleurer, lécher, griffer, sucer et mordiller, le cou, les épaules, le visage, les oreilles, suffit à me donner l'érection requise pour mener à bien mes desseins. Rapidement, l'exploration du sexe entièrement glabre de Kati et de celui à ticket de métro de Vahine, me donna envie de voir de mes yeux ce que touchaient mes mains. Et puis, je sentais qu'il y avait urgence à quitter cette position, allongé sur le dos. Je me sentais comme l'une de ces poupées dont les paupières se rabattent dès qu'on la couche.

Alors je voguai vers leurs vagins, fis valser leurs sous-vêtements, pour les faire profiter de cunnilingus à tour de rôle, en prenant soin de laisser au moins un ou deux doigts dans la vulve de celle que ma langue négligeait.

Je n'avais pas encore eu l'honneur de goûter la chatte de Vahine, et de plus en plus excité, je réalisais que non seulement, elle était plus charnue, plus léchable et suçable que celle de Kati, mais qu'en plus elle avait un parfum beaucoup plus doux. Ce qui fit que Kati dut finalement se contenter de deux doigts quelque peu oubliés dans son con - et en même temps, que mon envie de Vahine monta en flèche.

Lubrique et chaude, elle me saisit sous les bras et me tira vers elle. Je glissai en elle comme par magie. D'emblée, elle accompagna mes coups lascifs de mouvements synchronisés de son bassin, me forçant à accélérer la cadence. Bien que dessous, c'était elle, la reine, qui avait les rênes en main. J'étais bien, je profitais, mais je sentais que la sauce avait du mal à monter, à cause de mon extrême fatigue et de l'alcool, mais aussi parce que Kati était toute seule à côté, négligée. Alors je m'arrêtai, me retirai et fis mine de m'occuper de son cas, mais Kati me repoussa gentiment, en susurrant: « Non, je vous regarde, ce sera mon tour après. »

Vahine profita de la situation pour me pousser sur le dos et me monter. Non sans difficulté, car, il faut dire ce qui était : au bout de quelques minutes de baise, ma queue ne correspondait plus à la définition qu'on a l'habitude de donner au mot « raide ». Mais elle réussit à enfiler ma mi-molle dans son vagin pour me prodiguer une chevauchée fantastique similaire à celle que j'avais goûté quelques jours auparavant. Sa science de la baise, ses gémissements, accompagnés de ceux de Kati qui suivait notre rythme en se masturbant, redonnèrent finalement un semblant d'allure à ma queue lasse.

Prête à venir, Vahine fit des mouvements de plus en plus amples, ce qui eut l'effet de faire sortir ma bite de son con. Alors, impatiemment, elle la remit à sa place et réussit finalement à jouir en frottant frénétiquement son bas-ventre sur mon pubis. Au même moment, je sentais que l'avion s'était enfin, après d'interminables aller-retours sur l'aéroport, engagé sur la piste de décollage - façon de parler. Kati à côté avait l'air vraiment émoustillé, elle n'en perdait pas une miette, et la regardant dans ses yeux bleus lubriques, je me finis péniblement en Vahine avec quelques coups de reins laborieux, gémissant, haletant, dépensant mes dernières miettes d'énergie.

Aussitôt après, je commençai à partir. Les yeux clos, je sentis le corps chaud et transpirant de Vahine roulant du mien. Puis une bouche toute douce sur mon sexe épuisé et hypersensible après l'éjaculation, me fit entre-ouvrir les yeux, pour voir Kati, la belle Kati de ses seuls bas vêtue, me sucer et lécher ma bite qui se réduisit à peu de chagrin sous les assauts de ses lèvres. Et puis je m'endormis d'un sommeil blindé d'acier.

Je me réveille de bonne heure, vais au toilettes, me recouche, mais je n'arrive pas à retrouver le sommeil. Alors, doucement, sans réveiller les deux filles, je m'extirpe à nouveau du lit, prends un café, m'habille, et pars faire un tour de vélo dans la fraîcheur matinale.

Quand je rentre vers dix heures trente, dans le couloir, je tombe sur Vahine, vêtue de ma robe de chambre, grande ouverte pour offrir à mon regard ses jolis seins, son ventre si féminin et son ticket de métro fraîchement entretenu.

« Ça va ? me demande-t-elle.
- Oui, tout roule !
- Tu as fais un tour de vélo ? Ça a été ?
- Bof bof. Trop picolé hier soir, ça m'a coupé les jambes. »

Je la mate. Elle semble sortir de la salle de bain, ses cheveux sont mouillés. Je m'avance pour lui faire un câlin, l'embrasser, me ravise réalisant que je suis collant de sueur et finis par dire :

« Je vais à la douche. »

Réveillée par nos voix, Kati sort de la chambre, en nuisette blanche. Encore saoule de sommeil, elle pose sa main droite sur l'épaule de Vahine, se penchant contre elle pour s'équilibrer. Quel beau tableau. Je commence à bander dans mon cuissard de vélo. En clignant des yeux, Kati demande :

« Vous êtes debout ?
- On dirait, non ? la taquine Vahine.

- Ah. C'est pas faux. Y a du café ?
- Non, je n'en ai pas encore fait, je me suis un peu occupée de moi, et Benoît vient juste de rentrer, répond alors Vahine, se tournant vers Kati.
- Bon, je vais faire du café alors. » décide Kati se dirigeant vers la cuisine tandis que je commence à me désaper dans la salle de bains.

Pendant un bon quart d'heure, je me prélasse sous les trombes d'eau chaude, quand je crois entendre des vocalises d'amour. Je coupe le robinet et me rends compte que c'est bien cela.
Nu, ruisselant, je m'introduis subrepticement dans la chambre. Les volets électriques sont toujours fermés, et comme la nuit précédente, la chambre est éclairée d'une multitude de bougies. Sur le plumard, Vahine s'est équipée de la ceinture gode que j'avais cachée dans un tiroir du lit. Habillée d'une guêpière en latex noir, les yeux entourés de khôl et les lèvres d'un rouge foncé presque noir, elle est allongée sur le dos, montée par Kati, à la crinière blond platine, et ses seins sautent au rythme de sa cavalcade sur la queue postiche de Vahine. Les deux filles crient de volupté et de plaisir, et ça fait comme des échos. A quatre pattes, je grimpe sur le lit, commence à toucher la désormais généreuse poitrine de Kati, mais celle-ci me repousse avec une force surprenante, me projetant contre le mur. Elle me fixe d'un regard bleu acier et prononce de ses lèvres bleues la sentence :
« Non ! Tu as eu ta chance hier. Nous ne voulons plus de toi ! ».

Qu'importe, je suis dans un état d'excitation extrême. Tandis que Kati continue à s'enfoncer la bite attachée à Vahine, en faisant virevolter son cul, je commence à me branler, agenouillé à côté du lit, hypnotisé par le spectacle de la vulve de Kati faisant des allers-retours sur ce membre qui semble toujours plus long, ses gros seins rebondissant à chaque mouvement.

Kati accélère sa chevauchée, le gode s'est transformé en véritable bite, Vahine en hermaphrodite, ou en animal, je ne sais pas, ses yeux sont devenus entièrement noirs, tout comme ses lèvres et sa langue, qui lèchent et sucent les doigts de Kati, je sens qu'elles vont jouir toutes les deux, les gémissements de Kati sont de plus en plus rapprochés, de plus en plus rauques, de plus en forts, ce n'est plus une voix humaine - Kati va jouir, enfin ! Quand elle sort ses mains de la bouche de Vahine pour se presser les seins, celle-ci se joint aux vocalises, la queue est désormais sienne, et le plaisir qu'elle procure est sien.

A côté, je me branle frénétiquement, quand avec des cris aux réverbérations étranges, les deux filles jouissent d'un orgasme qui n'est pas de ce monde. L'énorme phallus de Vahine emplit désormais Kati entièrement, tel une colonne vertébrale, et avec son hurlement, un geyser de foutre ardent jaillit de sa bouche bleue, éclaboussant les murs, mettant le feu à la tapisserie et Vahine, dans une secousse, de sa vulve en dessous de sa verge, lâche une fontaine qui détrempe le lit. Et une deuxième, avec un rugissement d'extase. Prosterné en adoration à côté du lit, j'entreprends ma bite de plus en plus vite, mais la libération ne veut pas venir.

Soudainement, la peau sur les omoplates de Kati éclate dans une explosion de sang et de plumes, et deux énormes ailes de cygne surgissent de ses épaules, emplissant la chambre d'un mur à l'autre.

Le vagin de Vahine continue à pulser comme une entité vivante, et déverse des dizaines de vagues de cyprine, ruisselant du lit sur le sol, qui en est entièrement couvert, le niveau commence à monter. A chaque contraction de sa vulve, une quantité accrue sort d'elle ; Kati reprend ses mouvements sur la verge de Vahine, et chaque abaissement vigoureux de son cul déclenche une nouvelle éruption liquide, bientôt un flot continu, c'est un barage qui cède et le jus laiteux à l'odeur âpre-doux m'arrive déjà à mi-cuisses. Le vacarme de leurs cris d'extase est assourdissant, les ondes sonores fissurent le plafond, des bouts de plâtre se mettent à tomber dans le fluide déversé par la chatte prodigeuse de Vahine.

Ma bite commence à brûler, tellement je la serre fort et tellement je vais vite, le liquide sorti de Vahine la recouvre désormais, ce qui m'excite encore plus, les bougies de la table de nuit s'éteignent dans la montée des eaux, quand Kati, les yeux révulsés et la bouche ouverte, commence à battre ses ailes. Vahine se redresse sous elle, l'ange et l'hermaphrodite s'enlacent, elles commencent à prendre les airs, le plafond de la chambre n'est plus, elles s'éloignent dans le ciel étoilé, je sens enfin l'orgasme libératoire approcher, mais je suis désormais entièrement noyé dans le fluide visqueux, je n'arrive plus à respirer.

Juste avant de jouir, je perds connaissance.

******

Trempé de transpiration et la queue tellement gonflée qu'elle me fait mal, je me réveille. Je suis seul au lit, les volets sont ouverts, le soleil est déjà haut dans le ciel. Traversant les deux étages, un son de violons me parvient depuis l'atelier. Ça doit être Kati et Vahine. Il y a peut-être moyen de me débarrasser de cette trique persistante de façon agréable, réparant par là-même mon affront de la veille à l'encontre de Kati.

Je me glisse dans ma robe de chambre et sors de la maison, en fais le tour pour rentrer dans l'atelier au sous-sol. En ouvrant la porte, je vois que dans la pénombre au fond, ne se trouvent pas deux, mais trois violonistes. Vahine et Kati, mais aussi un homme aux boucles rousses habillé d'un improbable costume bariolé au motif floral. Les filles, elles, portent des robes amples et ajourées de couleur pastel, rose pour Vahine et jaune pour Kati. Elles portent des couronnes de fleurs dans les cheveux, assorties au costume du violoniste inconnu. Les trois jouent différentes voix d'un air latino très rythmé, d'ailleurs Vahine ne joue pas, elle tape sur la caisse de son violon. Ça doit être cela, le « Forró » dont elles parlaient l'autre soir. Tout en jouant, elles se déhanchent lascivement et esquissent des pas de danse. Personne ne semble se rendre compte de mon arrivée dans.

Face à la situation imprévue, je me sens un peu bête dans ma robe de chambre, et mon érection finit vite par faner sous les plis.

Au bout d'un moment, c'est l'étranger qui, en faisant une pirouette, m'aperçoit en premier. Il baisse son violon, qu'il avait joué sur l'avant-bras, et non pas sous le menton, se dirige vers moi avec un large sourire, suivi par les deux filles. Me tendant la main, il dit d'un Anglais au fort accent indéfinissable: « Hi man, nice to meet you ! »

En serrant sa main très velue, j'aperçois mieux l'énergumène. Il fait ma taille, mais en plus râblé, avec des épaules larges et un ventre rebondi sous son costume ridicule. Sa barbe rousse finit en pointe et recouvre par ailleurs presque tout le bas de son visage, couvrant de plus en plus clairsemé ses joues en remontant vers les yeux. Sa chevelure désordonnée démarre bas sur le front, avec une implantation en forme de cœur. En le regardant dans les yeux, je me rends compte qu'ils sont tellement noirs qu'on ne distingue pas la pupille des iris, ce qui l'affuble d'un air animal.

D'un air radieux et admiratif, Vahine le présente. « Benoît, voici Bacù. Tu te rappelles, je t'avais parlé de lui, nous étions ensemble avant que je ne parte pour le Brésil. Il a finalement pu revenir en France ! »

« How are you doing, my friend ? me demande l'intéressé, d'une voix puissante et mélodieuse, en m'écrasant la main.

- Err, fine, thank you. Welcome to my workshop. »

Le violon qu'il tient dans sa main gauche - si on peut appeler cela un violon - est de facture très brute, sans voûtes, avec des ouïes en forme de banane, orné d'une tête de femme d'exécution rupestre au bout du cheviller comportant les trois chevilles pour les trois cordes de l'instrument. Des coulures sont perceptibles sur le grossier vernis rouge qui le couvre. L'archet, qui ressemble davantage à un arc miniature, est d'une exécution encore plus sommaire. Vahine m'avait raconté que les musiciens de Forró avaient l'habitude de fabriquer eux-même leurs instruments, et qu'il n'y en avait pas deux qui se ressemblaient. D'ailleurs, elle-même et Kati tiennent dans leurs mains le même genre de biniou rustre et grossier.

Manifestement, plus personne n'a besoin de mes services de luthier.

Kati dit : « Il est déjà quatorze heures passé, j'ai la dalle ! On monte manger ? Il y a de quoi, Benoît ?

- Euh… oui, on devrait pouvoir trouver de quoi faire un repas. »

Sur ce, Bacù met sa main qui avait écrabouillé la mienne, sur les fesses de Vahine, qui réagit avec un sourire ravi, et s'exclame : « Let's go ! Eat ! »

En montant, Bacù ne cesse de cajoler les deux filles, qui le précèdent en gloussant.

Je suis très gêné - et surtout très jaloux.

Nous nous rendons dans la cuisine, j'ouvre le frigo, et me rends compte qu'il est rempli de viande crue, mal saignée. Le sang goutte d'étagère en étagère et forme une flaque dans et sous le bac à légumes. Bacù se sert une bouteille de rouge dans le rack à vin à côté du réfrigérateur, la débouche en suçant sur le goulot et recrache le bouchon dans un coin de la cuisine, le tout avec un large sourire insolent. De leurs mains, les trois attrapent de gros morceaux de chair, se vautrent sur les canapés du salon et commencent à manger en tirant de leurs dents sur la viande crue, se barbouillant le visage et tachant de sang mes sofas. Ils boivent le vin au goulot, ou encore mieux, se le versent mutuellement dans la bouche, en en mettant partout. La bouteille devrait être vidé depuis un moment, mais le vin coule toujours à flots. J'ai un haut le cœur et reste planté là en les regardant, sidéré. Il faut dire aussi que je suis devenu transparent, personne ne semble remarquer ma présence.

Arrivés au dernier morceau de viande, ils se le disputent, tirent dessus tous les trois de leurs crocs, et finissent par s'embrasser et se peloter en rigolant, étendus sur les canapés tachés de vin rouge, de sang frais et de jus de viande, souillant davantage leurs vêtements et leurs peaux, qui apparaissent au fur et à mesure que leurs vêtements disparaissent, pour finir en boule devant le canapé.

Tout en regardant cela, je suis comme paralysé, incapable de bouger, un spectateur de l'autre côté de l'écran, qui ne peut intervenir.

Bacù est entièrement velu de roux, c'est presque une toison animale qu'il arbore. Son corps est puissant et ventru, tout en lui laisse transpirer une vigueur surhumaine. D'entre la broussaille rousse de son entrejambe sort un membre énorme qu'il présente à la bouche de Vahine ravie, en émettant des grognements satisfaits. Par derrière, se collant à lui et passant la main entre ses jambes, Kati s'affaire à lui caresser les bourses. Les deux filles finissent par s'agenouiller côté à côte sur le canapé, lui présentant leurs croupes en offrande, et se font pénétrer à tour de rôle, s'embrassant à pleine bouche. Puis ils enchaînent sur des positions de plus en plus improbables, Kati et Vahine font preuve d'une souplesse insoupçonnée, Bacù les soulève telles des plumes, se suspendant Vahine autour du cou avec les jambes pour lui bouffer la chatte, tout en continuant à pilonner le cul de Kati avec des coups puissants de toute l'ampleur de son érection énorme. Tout en baisant, ils continuent à boire tous les trois au goulot de cette bouteille de rouge apparemment sans fond. À l'apogée de cette orgie homérique, ils se finissent en magnificence ; criants, riants, et saouls.

Moi qui avait pensé être à la hauteur pour satisfaire un ange et une reine - je me rends compte qu'en réalité, c'est un dieu qu'il leur faut !

Après ce qui me semble une éternité, Kati s'extirpe de l'enchevêtrement de membres étendus sur le canapé, vient vers moi toute nue et badigeonnée de rouge, les yeux brillants :

« Mon Benoît chéri, nous voudrions aller à un festival de Forró dans le Massif Central, mais ma veille 4L m'a lâchée, elle ne veut plus démarrer. Tu ne nous prêterais pas ta voiture ? On reviendra dimanche dans l'après-midi, d'ici trois jours. »

Bien qu'au fond je n'aie aucune envie de laisser partir celles qui encore la veille étaient mes amantes, avec cet étrange Bacù, je lui accorde sa requête. Me sentant insignifiant plus qu'humilié, je ne trouve pas

de prétexte pour décliner sa demande. Ils se rhabillent avec leur fringues maculées ; les cheveux ébouriffés et l'oeil délirant, on dirait des personnages d'un film d'horreur.
Nous sortons de la maison et c'est le printemps. A ma grande surprise, garée le long du trottoir, ne se trouve pas ma Citroën DS4 déglinguée, mais la Lamborghini Espada de 1976 que j'avais achetée il y a quelques années en tant qu'investissement avec mon ex, et qui était sensée traîner chez le garagiste depuis. Mais manifestement, la restauration était désormais terminée, car la voilà garée : rutilante, comme neuve, et son vernis rouge abîmé refait en vert métallisé, tel que je l'avais rêvé, somptueuse. En effet, la clé que j'enlève de mon trousseau, est bien une clé de Lamborghini, et non pas de Citroën. Je n'aurai même pas eu l'occasion de l'essayer avant que les trois joueurs de Forró ne partent avec. Ils rangent les boîtes de violon, une grande valise usée et une caisse de vin semblant provenir de ma cave, dans le coffre généreux de la GT. Kati s'installe au volant avec un « Wahoouuuu ! » enthousiaste. Bacù grimpe derrière pour s'installer dans l'un des deux fauteuils luxueux en cuir noir, et quand sa jambe disparaît dans la voiture, ce n'est pas un pied que je vois au bout, mais un sabot noir et fendu. Me lançant un baiser, Vahine disparaît sur le siège passager de la supercar d'antan. Les portes se ferment avec un claquement sublime, et après une courte hésitation mécanique, le moteur démarre dans le bruit du tonnerre de ses douze cylindres, les quatre pots d'échappement chromés exhalant une fumée blanche, répan-

dant une odeur d'essence. La Lamborghini se met en mouvement, et quand elle tourne à gauche au bout de la rue, avec un crissement de pneus, à travers la grande vitre latérale je crois voir une petite paire de cornes pointues sur le front de Bacù.

******

Finalement, cela m'arrange qu'ils soient partis. Demain commence mon week-end enfants, et je ne suis toujours pas prêt à présenter ma - ou mes ? - amoureuse(s) à mes enfants, surtout après ce qui s'est passé, et si seulement Kati et Vahine sont encore mes amoureuses - ou du moins l'une d'entre-elles.
Toujours en robe de chambre, j'ouvre ma boîte aux lettres. Elle vomit un flot de publicités pour des produits et objets plus inutiles, superflus, vains, laids et mauvais les uns que les autres. Parmi toutes les brochures, les catalogues, les cartons, les flyers et les dépliants, je trouve plusieurs lettres avec le sigle République Française sur l'enveloppe, ainsi qu'une autre envoyée par la ville d'Albi. Je commence par jeter toute la publicité dans la poubelle de tri, mais il y en a tellement qu'elle déborde, à chaque fois que je me baisse pour ramasser et remettre l'un des papiers bariolés dans le bac, il y en a deux autres qui en retombent. Finalement, excédé, j'abandonne cette tâche et quitte le local poubelle jonché de déchets de papier.
Je m'installe à mon bureau et commence par ouvrir la lettre envoyée par la municipalité d'Albi, car c'est bien la seule dans le lot qui présente au moins un

minuscule espoir de comporter des nouvelles pas entièrement mauvaises.

« Cher Monsieur. Il a été porté à notre connaissance que vous louez des chambres au rez-de-chaussée de votre résidence principale sise [adresse].

Or, aucune déclaration en ce sens ne nous est parvenue à ce jour. Veuillez vous rendre dans les meilleurs délais au service d'urbanisme de la mairie d'Albi afin de régulariser votre situation. Sachez dès à présent qu'un paiement des sommes non-acquittées peut vous être réclamé, ainsi que le paiement d'une amende pour hébergement non-déclaré.

Veuillez agréer, cher Monsieur, etc. »

Voilà pour la bonne nouvelle.

J'ouvre la première lettre étiquettée République Française. Une amende de stationnement. Relevée à dix huit heures cinquante neuf, à Toulouse. Une minute avant la fin du stationnement payant. Chère la minute, à trente Euros.

La deuxième lettre - encore une amende. Excès de vitesse inférieur à vingt kilomètres par heure, sur une portion d'autoroute limitée à quatre vingt dix kilomètres à l'heure dans le no-man's land aux alentours de Montauban. Quarante cinq Euros à payer, et un seul point qui reste mon le permis de conduire.

La troisième lettre, adressée au nouveau domicile de mon ex, rayée, avec mon adresse manuscrite à côté.

Une relance des impôts, pour la taxe foncière. Cela semble logique, d'envoyer cette lettre à mon ex qui a déménagé depuis des mois, et qui n'habite surtout pas à l'adresse indiquée.

« Dernier rappel avant saisie sur compte.

Sauf erreur de notre part, votre règlement de la taxe foncière d'un montant de quatre mille cent quatre vingt douze Euros… rien que ça ! … ne nous est pas parvenu à ce jour. Veuillez régulariser cette somme dans les meilleurs délais, avec des pénalités de retard de dix pour-cent … pour une somme globale de quatre mille six cent onze Euros. »

Vous êtes mignons, mais je ne les ai pas. Même en piochant une fois de plus dans l'épargne de mes enfants - à qui je dois déjà rembourser l'argent emprunté pour rapatrier Vahine, je ne les ai pas…

Quatrième, et dernière lettre.

Une autre prune… pour excès de vitesse inférieur à vingt kilomètres par heure, dans l'agglomération Albigeoise. Vitesse mesurée : cinquante sept kilomètres par heure, en sortie de l'A68, vitesse retenue : cinquante deux kilomètres par heure.

« Le solde de points de votre permis a atteint 0 point. Veuillez vous rendre au commissariat de police [adresse] avant le [date] pour remettre votre permis à un agent habilité. Passé ce délai, vous encourrez une amende supplémentaire et des poursuites judiciaires selon l'article… »

Est-ce la peine de mentionner l'amende de quatre vingt dix Euros en sus ?

Mes jambes deviennent molles, je me sens fatigué, las, abattu, avili même. Je me traîne dans la salle de bains, accroche ma robe de chambre sur la patère et essaie d'oublier tout cela, de m'oublier moi-même, sous une douche brûlante.

Chers lecteur, vous vous demandez certainement si vous vous trouvez toujours dans mon cauchemar, ou si nous avons regagné la triste banalité du quotidien. Je l'ignore moi-même. Les deux se confondent.

Le téléphone qui sonne, me sort de la douche. C'est la mère de mes enfants, mon autre ex, mon ex-ex.
« Salut !
- Salut !
- Pour demain, tu viens chercher les enfants comme d'habitude, à dix huit heures trente ?
- Merde ! Je n'ai pas de voiture !
- Comment ça ? Je mens :
- Elle ne démarre pas, je ne sais pas ce qui se passe. Tu peux me les amener, exceptionnellement ?
- Benoît, franchement, t'abuses. Je serai à peine rentrée du boulot, je me tape déjà tous les jours une demi-heure de bouchons, et tu veux qu'en rentrant je me retape un aller-retour, avec à nouveau le risque de tomber dans les bouchons ? Tu ne peux pas emprunter une voiture à quelqu'un ?
- Ça me semble compliqué. Mes voisins rentrent du travail vers dix neuf heures trente seulement. Allez, pour une fois ? Dans deux semaines, je ferai les deux aller-retours, moi. »
Elle se résigne, énervée. Elle ne doit pas avoir de grandes attentes à mon encontre de toute façon.
« Tu fais chier. La prochaine fois, essaye de t'organiser. A demain. » Sur ces mots, elle raccroche.
Quant à moi, j'ai de plus en plus envie de disparaître dans un trou.

******

Je suis dans l'atelier quand elle m'amène Louis et Lilou le lendemain soir. Voulant faire l'autruche, fuir le chaos qui se déchaîne autour de moi, j'y suis depuis le matin pour avancer le violon destiné à Kati, qui a présent semble préférer jouer sur une sorte de vilain cageot à trois cordes. Mais la guigne me poursuit jusque dans mon sanctuaire. En ébauchant la table en épicéa du futur violon, énervé comme je suis, j'arrache de mes violents coups de gouge toute la partie en bas à gauche. Quand au bout de deux heures de collage, passées à continuer la volute, je reprends l'ébauchage, ça se casse encore au même endroit, et même une troisième fois, (ce qui me donne le temps d'attaquer la fabrication de la touche en bois d'ébène) bien que dans l'épicéa, les endroits collés sont sensés être plus solides que le bois à côté du joint de collage. Peut-être que je ne laisse sécher pas la colle suffisamment longtemps, fébrile, impatient et énervé comme je suis ?
Le temps est affreux. Dehors, devant la vitrine de mon atelier, il pleut des trombes. Avec le vent qui souffle de nord-ouest, la pluie tombe presque à l'horizontale. Je suis dégoûté et d'humeur massacrante quand les enfants arrivent ; et voir la tête crispée, dépitée et fatiguée de leur mère, l'énorme reproche écrit sur sa figure, n'arrange en rien mon état. Heureusement, elle s'abstient de parlementer, les poussant dans l'atelier avec un laconique « Salut. A dimanche soir ! ».

Sans même dire bonsoir, Lilou et Louis se saisissent de quelques chutes de bois et outils qui traînent sur l'établi, et aussitôt commencent à se disputer.
« Rends-moi ça, c'est moi qui l'ai pris en premier !
- Non, c'est pas vrai, t'avais pris celui-là !
- Non, vas-y, donne !
- Non, regarde, t'as qu'à prendre celui-là !
- Mais c'est celui-là que je veux ! »
Lilou commence à tirer des deux mains sur la chute d'épicéa dans la main de Louis, qui tient de l'autre main un canif, qu'il approche dangereusement des mains de ma fille en défendant son trophée,.
« OH ! ÇA SUFFIT ! »
Au comble de l'énervement, je balance la table d'harmonie enfin recollée et ébauchée sur mon établi, et elle se fracture encore, au même endroit. Le bruit du bois qui casse arrête net mes enfants dans leur dispute.
Je me laisse retomber sur mon tabouret.
Je ferme les yeux.
J'essaie de respirer doucement, mais l'air rentre et sort avec un vilain sifflement.
Quand j'entends Lilou geindre « Vas-y, donne ! », je rouvre les yeux avec une telle violence sur ma progéniture qu'ils cessent leur cirque pour de bon.
Il est déjà dix neuf heures trente. Vu leur état, je n'ai aucune envie de les faire veiller plus que de raison. Alors je jette tous mes nobles préceptes par dessus bord et leur propose un MacDo. Premièrement, ça pourrait les mettre de bonne humeur, deuxièmement, le repas sera ainsi vite plié, et troisièmement, ils ne

sont point gênés de s'empiffrer de cette graille immonde - pire, ils en redemandent.

Profitant d'une éclaircie entre deux nuages, nous bravons le vent pour nous rendre à pied au restaurant rapide qui se trouve à cinq cent mètres. Sur le chemin, les chamailleries reprennent de plus belle et Louis manque de pousser sa sœur sur l'avenue, encore très passante à cette heure-là. Je les attrape chacun par la main, serrant fort. Louis prend ça pour en jeu et essaye de se dégager en tirant sur mon bras, et c'est en essayant de lui expliquer que je n'avais aucune envie de plaisanter, que nous arrivons à destination.

Comme d'habitude, ils voudraient commander à peu près tout ce que le menu propose, et la frustration de leurs folles envies occasionne une autre querelle.

« Mais je veux un dessert ! Lilou, elle, a un dessert avec son menu enfant !

- T'as qu'à prendre un menu enfant, toi aussi ! s'agace-t-elle.

- Non, ça ne me suffit pas ! Je les coupe :

- On a des yaourts au frigo, il faut les manger, et c'est beaucoup mieux pour la santé que ces gâteaux chimiques.

- Mais je n'ai pas envie de yaourt ! »

Ce qui est bien chez MacDo, c'est que ce genre de comportement enfantin et en principe inexcusable, passe complètement inaperçu.

Pendant le repas, Lilou, comme d'habitude, baye aux corneilles. Le temps que j'engloutisse mon menu composé d'un burger cartonneux et de potatoes grasses et farineuses, elle en est à son deuxième nugget de poulet confectionné en déchets d'abattage.

Il faut que je la pousse, la presse, voire la menace, comme toujours, tandis que Louis, vantard, fait plusieurs tentatives de me raconter les fols exploits de ses dernières parties de jeux de console, tentatives repoussées avec un agacement grandissant.

La moitié des nuggets finit dans les déchets qui les ont engendrés. S'ensuit une âpre dispute pour sauver du même sort l'affreux jouet en plastique offert avec le menu enfant, qui de tout façon finira sous un meuble à peine arrivé à la maison.

Sur le chemin de retour, nous nous prenons un tel déluge que, bien que nous courrions, nous arrivons à la maison grelottant et trempés jusqu'aux os.

« Allez les enfants, à poil et à la douche !

- Non, j'ai déjà pris une douche chez maman, avant-hier.

- Non, c'était il y a quatre jours !

- Non, c'est pas vrai !

- Si, c'est vrai !

- Vous allez choper la mort si vous vous couchez mouillés et frigorifiés comme ça. » J'essaie de les raisonner.

« Je prendrai ma douche demain.

- A LA DOUCHE ! »

Je chope Louis par l'oreille et le traîne dans la salle de bains.

Pendant qu'ils passent tous les deux sous l'eau chaude, je me déshabille, étends mes vêtements trempés, me sèche et, couvert d'un plaid et frissonnant dans mon peignoir, envoie des messages à Kati et Vahine.

« Salut Kati ! Vous êtes bien arrivés ? Avez-vous pris la pluie aussi ? Ma vielle Lambo n'a pas fait des siennes ? Où est-ce que vous logez là-bas ?»

Puis, ouvrant la communication avec Vahine, je me rends compte qu'il en manque une vaste partie. Le dernier message affiché remonte au premier récit de ses problèmes avec Dave au Brésil, environ six semaines auparavant. Le temps de bidouiller mon téléphone, cherchant en vain à récupérer les messages manquants, je me rends compte que cela fait bientôt trois quarts d'heure que les enfants sont sous la douche.

La salle de bains est embuée d'une épaisse vapeur d'eau, des gouttes ruissellent du miroir et le plafond semble transpirer abondamment.

« VOUS ETES TARÉS ? Vous pensez que l'eau chaude est gratuite ? Allez, ça suffit, sortez de là !

- Je ne me suis pas encore rincé les cheveux ! geint Lilou.

- Alors fais le tout de suite, et toi, tu sors, Louis !

- Aaaah, l'eau est froide ! geint encore Lilou.

- Dépêchez-vous, brossez vous les dents, en pyjama et au lit !

- Quoi ? s'offusque Louis. Il est hyper tôt ! »

Je sens que je vais craquer. Avec un regard assassin, j'exige : « Exécution ! », puis je quitte la salle de bains qu'on prendrait à présent pour un hammam, avant que Louis ne puisse tenter de discuter davantage. Bien sûr ils se remettent à se disputer en se brossant les dents (ou plutôt au lieu de se brosser les dents), mais je n'en peux plus de me fâcher, j'attends qu'ils sortent de la salle de bains, après tout ce sont leurs dents…

Quand vingt minutes plus tard, ils sont enfin couchés - sans bisou, ils auraient couru le risque de se faire mordre violemment à la place - je voudrais me réchauffer moi aussi sous une douche chaude. Entrant dans la brume, je bute dans des vêtements dégoulinants éparpillés par terre. Je trouve une deuxième pile, tout aussi trempée, inondant le bac à linge sale. Infiniment fatigué, je balance le tout dans la machine à laver et la lance en mode essorage.

L'eau de la douche n'est en effet même plus tiède.

Gelé, claquant des dents, je me couche. Je ne parviens pas à me réchauffer. Toutes les cinq minutes, je regarde si j'ai une réponse de Kati, mais il n'y a rien. J'envoie un message similaire à Vahine, mais elle non plus ne me répond pas. Je finis par péniblement m'endormir.

******

Le lendemain, je tombe du lit vers six heures et quart avec le nez bouché, les sinus pris et un vilain mal de tête. Avant toute chose, je vérifie mon téléphone portable, mais il n'affiche aucun nouveau message. Je remonte les volets pour voir ce que j'avais déjà entendu, à savoir qu'il pleut toujours abondamment. Le caniveau longeant la maison s'est transformé en ruisseau, charriant des détritus sous la lumière des réverbères qu'on devine de l'autre côté de la rue derrière un rideau de pluie.

Les membres engourdis, je peine à mettre mes grosses chaussettes de ski, des sous-vêtements chauds, une écharpe, mon fidèle peignoir par-dessus, et me traîne dans la cuisine pour me faire un grand café.

Au plafond de la cuisine, une fuite est apparue. Justement, au-dessus de la machine à café, l'eau suinte du plafond auréolé, s'écrasant d'un rythme frénétique sur l'appareil. Une énorme flaque couvre les deux tiers du sol de la cuisine, se déployant sous les meubles.

Dépité, mal réveillé, la respiration encombrée, j'enfile mes chaussons, traverse ainsi protégé l'étendue d'eau jusqu'au placard. Je saisis une tasse, la pose sous la buse de la machine à café, et l'allume. Aussitôt, une grosse étincelle crépite dans la prise électrique qui l'alimente, dégageant une fumée blanche puant le plastique brûlé, les plombs sautent, et la maison devient noire.

Découragé, las, vidé, je traîne mes pieds dans un coin encore sec de la cuisine, m'affale par terre contre un meuble, et cherche secours et consolation dans le sommeil, qui pour une fois ne se fait pas prier.

Lilou me réveille au lever du jour. J'ai le cul dans l'eau.

« Papa, c'est quoi toute cette eau ? Pourquoi on n'a plus d'électricité ?

- Il y a une fuite au plafond. Les plombs ont sauté. » J'ai une voix d'outre-tombe.

« Ah ouaaaaiiis ! » fait-elle.

A présent, Lilou commence à sauter pieds nus dans la flaque qui couvre désormais entièrement le sol de la cuisine pour se déverser dans le couloir. Elle hurle de joie. J'aimerais tellement être à sa place.
Sans doute réveillé par ses cris, Louis nous rejoint. Du pied, il projette une trombe d'eau sur sa soeur.
« EEEHHH ! » crie-t-elle.
Elle lui rend la pareille.
Il n'y a pas assez de profondeur pour que je puisse tenter de les noyer, ou de me noyer moi, qu'importe.
Alors je me lève, péniblement, je suis frigorifié et mes membres postérieurs ne m'obéissent que très sommairement.
Dehors, il a cessé de pleuvoir, mais le ciel est encore bien chargé. Dans l'angle du plafond, ça goutte un peu moins frénétiquement.
« Arrêtez vos conneries et commencez à éponger, il y a plein de serviettes dans le placard du couloir, vous les essorerez dans le seau que vous viderez dans l'évier quand il sera plein. Vous avez compris ?
- Oui.
- Oui papa.
- Je vais prendre la douche chaude que je n'ai pas pu prendre hier soir - n'est-ce pas ? - et me mettre quelque chose de sec. Dès que j'ai fini, je viens vous aider. »
Aucune réaction.
« Maintenant. »
Toujours aucune réaction.
« MAINTENANT !
- Oui, quoi ? »
Je répète.

Puis je trébuche jusqu'à la boite de fusibles et essaie de rétablir le courant. L'interrupteur général ressaute aussitôt. Les câbles ont dû fondre dans la prise. Je coupe alors juste le fusible de la cuisine et réussis à ré-enclencher l'interrupteur général.

La douche chaude me redonne un semblant d'envie de continuer à vivre.

En m'habillant, j'entends hurler dans la cuisine.

Lilou dégouline d'eau et pleure. Louis tient une serviette trempée et entortillée dans la main.

« Louis m'a tapée avec la serviette !

- C'est pas vrai !

- TU VEUX QUE JE TE TAPE AVEC UNE SERVIETTE MOUILLEE, MOI, QUE TU VOIS UN PEU CE QUE ÇA FAIT ???

- Non, non ! » Louis se recroqueville et se protège de ses mains.

« MAINTENANT VOUS ARRETEZ VOS CONNERIES ET VOUS FAITES CE QUE JE VOus ai demandé... »

Ma voix me lâche, je termine sur un couinement piteux.

« Oui, papa. »

Enfin.

Au bout de cinq minutes, mes enfants ne me sont plus d'aucune aide. Ils jouent et se disputent, se disputent et jouent. Je les envoie dans leurs chambres respectives. Louis me demande: « Je peux jouer sur ma tablette ? »

Pour une fois, mon regard noir lui suffit en guise de réponse. Il quitte la cuisine en râlant.

Quand vers onze heures et demie, j'ai enfin réussi à sécher la cuisine - l'eau qui continue à goutter du plafond, tombe désormais dans le seau qui a désavantageusement remplacé la machine à café - je n'ai toujours pas de réponse aux messages envoyés la veille à Kati et Vahine. J'essaie d'appeler sur leurs deux portables, mais ça sonne dans le vide. Il n'y a même pas de répondeur.

Alors j'envoie un autre message, se voulant détendu, pour ne pas montrer mon désarroi, sur le téléphone de Vahine.

« Salut les filles ! Comment ça va ? Ça joue du Forró à fond ? Vous passez un bon moment ? La Lambo a bien roulé ? Je vous fais des gros bisous ! »

Ensuite, je cherche l'échelle dans la cave pour monter sur le toit-terrasse et me rends compte que le vent a décollé une large section de toile bitumée, mettant le hourdis béton à nu sur plusieurs mètres carrés. Même avec mes capacités et outils de bricoleur avancé, c'est irréparable. J'essaie de remettre la toile tant bien que mal en place, mais ainsi relevée et exposée au vent, une violente rafale me l'arrache des mains et la décolle encore davantage.

Dépité, je descends du toit.

De retour dans la cuisine, j'ouvre le frigo, éteint depuis le petit matin. Aussitôt, une puanteur effroyable fond sur moi. J'avais oublié ces montagnes de barbarque ! Pendant les quelques instants d'ouverture du réfrigérateur, j'ai le temps de voir que la viande a viré au noir, répugnante et luisante de graisse ; des taches de moisissure sont apparues. Le sang accumulé dans le bac à légumes, collé aux étagères et aux parois, a caillé, et de gros asticots d'un blanc pâle, sortent des morceaux de chair éclatée en se tortillant. J'ai un haut-le-cœur, m'étrangle, mais les spasmes de mon ventre vide ne font remonter que des éructations et un goût immondes.

Entre l'argent que le fisc me réclame - et que je n'ai pas - la perte de mon permis, mon travail qui part en cacahouète, l'énorme fuite du toit, Kati et Vahine qui semblent s'être volatilisées, ma voiture de collection avec, l'électricité coupée dans la cuisine, le rhume qui m'ensuque, les enfants qui me font tourner en bourrique, et maintenant le frigo qui ne demande pas moins qu'une décontamination en règle, tout cela commence à faire beaucoup, beaucoup - trop, même.

Après m'être ressaisi, je mets des spaghetti à cuire, verse le contenu d'un bocal de sauce tomate périmée - tant pis - et appelle Louis et Lilou à manger.
Au lieu de s'occuper de leurs assiettes, ils commencent à se filer des coups de pied sous la table. Mon sang ne fait qu'un tour, je les engueule férocement, ma voix éraillée tenant péniblement jusqu'au bout de la tirade, leur enjoignant de rester collés sur leurs chaises. Je leur défends de parler, le temps du repas, sous peine d'interdiction d'écrans tous azimut pour le week-end entier. Ils s'exécutent, en me lançant des regards noirs, à moi et l'un à l'autre, et j'en fais autant. La disharmonie familiale poussée à son paroxysme. Je me lève et me sers un grand verre de vin au cubi, le vide précipitamment, puis un autre, et

encore un autre, espérant que l'ivresse pourra gommer, ou du moins flouter, mes soucis. Bien que j'arrive à presque faire abstraction des problèmes matériels, je me fais pourtant un sang d'encre pour Kati et Vahine. Comme le seau dans la cuisine qui s'emplit d'eau, je m'emplis d'un mélange de manque, de mauvaise conscience, de reproche, et de jalousie. La crainte d'un accident comme explication de plus en plus probable à leur silence commence à s'instiller dans mon esprit embrumé par la sinusite, le mal de tête et l'alcool.

Après le repas, je troque l'autorisation accordée à Louis et Lilou de jouer sur la tablette contre deux heures de tranquillité pour une tentative de sieste dans le canapé de mon atelier, loin des fuites de toit, du frigo dégueulasse, et des chamailleries des enfants. Réveillé trop tôt par un mal de tête lancinant et un nez complètement bouché, je gis sur le sofa, immobile, paralysé et écrasé par le poids de mes emmerdes. Une énième vérification de ma messagerie donne toujours le même résultat ; deux autres appels sonnent dans le vide.

De plus en plus péniblement, je me prépare une nouvelle fois à affronter cette réalité qui s'est retournée contre moi, pour sonner la fin de la recré-tablette.

À peine la porte de la chambre de Louis passée, Lilou, assise dans le lit à côté de son frère, commence à se plaindre que sur les deux heures de jeu accordées, son grand frère ne lui a pas laissé la tablette une seule seconde.

Ce qui était prévisible. J'envoie Louis dans sa chambre, lui interdisant d'en sortir sans mon autorisation ; calmement, car j'ai vraiment trop mal au crâne pour hurler, et accorde à Lilou une heure de jeu.

Ensuite, après la prise d'un cachet, je retourne à l'atelier pour avancer sur mon violon. Désormais, ce sont les gorges du fond, c'est à dire les extrémités de la voûte vers les bords, que j'attaque, armé d'une gouge et d'un compas d'épaisseur pour vérification, car cela demande une précision au dixième de millimètre près. Une fois de plus, la concentration requise parvient tant bien que mal à occuper mon esprit. Ce qui ne m'empêche pas de vérifier ma messagerie pour la centième fois, avec toujours le même résultat. Quand deux heures plus tard, je remonte encore pour confisquer la tablette, la chambre de Lilou est vide. Je la trouve par terre à jouer aux Lego dans la chambre de Louis, qui lui, est en train de s'amuser sur la tablette comme si de rien n'était. Je pète un nouveau câble, en m'interrogeant distraitement combien de câbles peuvent bien péter dans un esprit avant sa rupture définitive.
« TU TE FOUS DE MA GUEULE ?
- Mais quoi? Lilou était d'accord pour troquer son heure de jeu contre mon vaisseau Lego.
- DONNE-MOI TOUT DE SUITE CETTE PUTAIN DE TABLETTE !
- Attends, une minute, j'ai presque fini la partie. »
Le dernier câble lâche, la nacelle de ma raison s'abîme dans le vide.
Le coup part tout seul.

Je plante mon poing dans le visage de mon propre enfant, violemment. Louis est projeté en arrière, sa tête heurte le mur avec un bruit sec.
Il me fixe de grands yeux ahuris, d'un regard d'animal piégé. Sa langue pousse une dent cassée au bord de ses lèvres éclatées, sa bouche saigne abondamment. Lilou commence à pleurer à gros sanglots.
Je m'effondre, deviens une poupée en chiffon tremblotante, toute force quitte mon corps. Une poupée en chiffon violente. Le regard que mon fils plonge au fond de mes yeux change, il est empli de haine. Sa bouche rouge tremble. Le regard ahuri devient mien. Je me précipite hors de la chambre, je dois fuir, fuir mon fils, me fuir moi-même, fuir ma vie !
Trébuchant, les jambes cotonneuses, je me réfugie à nouveau dans mon atelier, m'effondre sur le tabouret, le front affalé sur l'établi, la tête cachée sous mes bras. Je pleure sans larmes. J'étouffe. J'angoisse. Des pensées inintelligibles se bousculent dans ma tête et dans mon ventre.

Un temps indéfini plus tard, la porte de mon atelier s'ouvre à la volée.
La mère de nos enfants, fulminante.
« ÇA VA PAS ??? »
J'ai distraitement peur, je l'estime capable de violence, elle aussi. Entre nous, l'établi est jonché d'objets tranchants et contondants. Je n'ose pas lever la tête, reste caché là, protégé, sous mes bras. Elle hurle. Elle va me retirer la garde des enfants, porter plainte, d'après elle, j'ai déjà un pied en prison. Ma raison se délite. J'ignore si elle finit par m'assommer

avec un marteau, de ses poings, ou si je perds conscience pour d'autres raisons.

******

Je me réveille étendu par terre devant mon établi. Ma tête pulse, ma bouche est pâteuse, je suis fiévreux. Dehors, il fait jour.
Un regard sur mon téléphone m'indique qu'on est dimanche, treize heures vingt trois. Toujours pas de messages. J'appelle les deux numéros. Celui de Vahine n'est désormais plus attribué, celui de Kati sonne dans le vide. De toute façon, je n'ai pas la force de parler.
Je reste seul avec mes pensées inintelligibles. Mon corps ne m'obéit plus, mon ventre est étranglé de spasmes. J'ai très mal. Je me fais dessus. Je m'en fous. Le jour se couche. Je m'endors.

Lundi. Je me réveille dans mes excréments. Je ne retrouve plus mon téléphone portable. Ma tête va mieux, j'arrive à respirer par la narine gauche. Le maelström de mes pensées chaotiques s'est contracté en une seule idée : fuir, me barrer. Disparaître. Tel un big-bang miniature, cette idée emplit mon esprit, elle supplante la soupe épaisse et noire des ennuis, des menaces, des soucis sans issue. Telle une tempête ardente, elle tente d'oblitérer Kati et Vahine, mais elles résistent, des monolithes dans le feu nucléaire.
Je prends une douche et m'habille. Ensuite, je remplis mon gros sac de randonnée du strict nécessaire : quelques vêtements, veste, chaussures, trousse de

toilette, lampe torche, tapis de sol, sac de couchage, puis j'y attache ma vieille tente. Pour finir, je sangle au sac deux étuis avec des violons à vendre.

Arpentant la maison que je m'apprête à quitter, des souvenirs font surface furtivement, me serrent la gorge et me font monter les larmes aux yeux. Je ne me laisse pas distraire et continue ce que j'ai à faire.

Subséquemment à l'enfilage de mon sous-vêtement coupe-vent, cuissard et maillot long, ainsi que de mes gants et chaussures de cyclisme, les sur-chaussures et un bonnet, je sors mon vélo de la cave et me mets en selle. En bas de ma rue, je croise une voiture de police. Interpellé, je me retourne et la vois s'arrêter devant mon atelier. Accélérant, je prends cap vers le Nord, entravé dans mes mouvements par le grand sac sur mon dos. Avant de quitter l'agglomération, je retire tout l'argent liquide que je peux, de mes deux comptes en banque, privé et professionnel. Autant pour la « saisie sur compte ». Il peuvent toujours rêver. Les enculés.

A vingt kilomètres d'Albi, le ciel devient noir, puis il recommence à pleuvoir. Proche d'un village avec une gare, affaibli par la grippe, transpirant, frissonnant, les reins écrasés par le poids du sac surchargé, je décide de continuer mon périple vers l'inconnu en train. Je consulte la grille des départs et arrivées et achète un billet. Il y en a pour une vingtaine de minutes d'attente dans le froid.

Un homme s'installe sur le banc à mes côtés. Sa tête joufflue avec les petites lunettes rondes, les favoris et

les cheveux frisés me semblent familiers. Mais bien sûr - c'est Franz Schubert !
Il a l'air en aussi piteux état que moi. Sous peu, la syphilis aura sa peau. Il mourra par amour, dans la souffrance et le malheur. J'étais parti pour réaliser exactement le contraire de ce qui lui arrive, me je dois désormais reconnaître que j'ai complètement foiré mon affaire.
Franz commence à chanter à voix basse, et je me joins à lui. Ensemble, nous entonnons:
« Fremd bin ich eingezo-ogen, fremd zieh' ich wi-iede-er aus... »
Au bout de cinq minutes, un TER en provenance de Rodez s'arrête dans la petite gare.
Je décide spontanément de prendre ce train-là, laissant Schubert et ses tourments sur le quai.

Epilogue

Je me réveille de ce cauchemar seul dans mon lit. Kati n'est évidemment plus là, comment pourrait-elle me pardonner une telle humiliation ? Mais Vahine a disparu elle aussi. Pourtant, il fait encore nuit. Je tends l'oreille pour entendre un signe d'elles, mais rien ne perturbe le silence. Déçu, défaitiste, je plonge ma tête sous la couette froissée, pour au moins me consoler avec leurs odeurs respectives. Mais leurs odeurs aussi ont disparu. J'allume la lumière, me mets à chercher soigneusement mais ne trouve ni de longs cheveux auburn, ni de cheveux blonds mi-longs dans mes draps, pas un seul.

Un doute s'empare de moi : Etait-ce seulement réel ? Déjà, les images de Kati et de Vahine commencent à s'effacer de ma mémoire. Je me lève et me mets à la recherche d'indices de leur présence, dans la maison d'abord. Je ne peux m'expliquer la provenance de quelques produits de maquillage, dont un fard à paupières rouge, dans un tiroir de la salle de bain, ni celle du cendrier utilisé dans le jardin d'hiver. Ceci dit, mon ex fumait à l'occasion…

Pour dissiper la fatigue, stimuler mon cerveau léthargique, je voudrais me faire un café, mais la machine à café refuse de s'allumer. Sur les plans de travail, un grand tas de vaisselle et d'ustensiles de cuisine fraîchement nettoyée attend.

Une réminiscence bizarre me vient, et j'ouvre un par un les tiroirs sous mon lit, pour y trouver avec stupéfaction une ceinture gode posée sur son emballage ouvert, et deux tubes de somnifères, dont l'un à moitié vide. Interdit, je referme le tiroir.

Mes déambulations quasi nocturnes dans la maison vide me donnent l'impression d'être dans un rêve, il n'y a ni bruit ni odeur. L'esprit embrumé, je me meus comme dans de la ouate. Les choses semblent avoir perdu de leur consistance et de leur couleur.

Par acquis de conscience, je regarde au rez-de-chaussée, à l'étage loué, mais la chambre qui devrait être celle de Vahine est manifestement inoccupée.

Je remonte, puis allume mon ordinateur à la recherche de preuves de l'existence de celles qui à l'origine auraient dû être mes clientes.

Je trouve la fameuse lettre d'amour à Vahine dans le dossier « conneries » de ma boîte e-mail, à l'intention d'une « Vania », qui fait aussi partie de mes contacts facebook. Physiquement, elle ressemble à la Vahine des évènements passés, mais elle affiche un air timide et un peu gauche, et pas vraiment celui d'une reine tzigane. Mes derniers échanges avec elle, des commentaires anodins sur ses publications, remontent à plusieurs mois.

Concernant Kati, celle qui semble coïncider au niveau des factures éditées pour l'achat de son violon et archet, je redécouvre une certaine « Karine ». Quelques sms échangés avec elle il y a de longs mois auparavant, évoquent en effet la location d'une chambre meublée et la possibilité de faire de la musique ensemble, mais autant que je peux en juger, il n'y a jamais eu de suite. Elle aussi fait partie de mes contacts facebook, mais les seuls points en commun avec la Kati qui a partagé ma vie, sont des cheveux blonds coupés au carré et une silhouette svelte. Autrement, ce n'est tout simplement pas la même femme.

Seul, confus, ébranlé, nostalgique et triste, je décide de créer un compte meetic au jour levant, afin de retrouver l'amour qui me fait cruellement défaut.

Avec une surprise modérée, je vois que j'ai déjà un profil avec comme pseudonyme « Demain_ne_meurt_jamais », une photo me mettant en scène en

James Bond postiche, en smoking noir, brandissant une sulfateuse en plastique orange assorti à mon noeud papillon couleur saumon.

Tiens, j'ai même quelques conversations en cours, non datées, consistant sensiblement en copier-coller du modèle suivant:

« Bonjour Madame ! Puis-je me permettre de vous importuner un instant ?

- Salut toi ! Sympa, ta photo
- Merci ! Tu m'as également l'air d'un joli spécimen sur la tienne.
- Comment vas-tu ?
- Bien, et toi ?
- Super, merci. Qu'est-ce que tu fais de beau dans la vie ?
- Je suis luthier, et toi ?
- Waouh, quel beau métier ! Je suis comptable / chargée de clientèle / commerciale pour Point P /…

« Whaa ! Quel … métier ! »

Et ainsi de suite.

Au cours de la matinée, je réussis à ajouter quelques lignes à certaines de ces conversations, et à démarrer trois copier-coller supplémentaires. Ma foi, tout cela n'a pas l'air si mal engagé, je quitte mon écran avec un butin de deux numéros de portable et un rendez-vous pour le lendemain soir. Je vais bien finir par retrouver une nana avec qui refaire ma vie.

Pour fêter ces belles perspectives, je fais une visite éclair sur YouPorn et me tape une petite branlette, histoire d'entretenir la tuyauterie. Bien que cela ne me procure même pas l'ombre pâle des orgasmes foudroyants que j'ai peut-être célébrés avec mes deux dulcinées incertaines, c'est finalement assez plaisant.

Vers onze heures et demie, je descends à l'atelier, pour me rendre compte qu'aucun travail pressant ne m'attend. Un violon en début de fabrication est posé sur mon établi. Etrangement, sa table, tout juste ébauchée, est brisée en deux. Une réminiscence émergeante, je cherche des sous-vêtements dans mon stock de bois de lutherie, et je trouve en effet un de mes caleçons, sous une respectable couche de poussière, taché de foutre séché. Je n'ai aucun souvenir de comment il a pu atterrir là.

A midi sonnant, je me chauffe des tortellini au jambon que j'agrémente d'une sauce à l'huile d'olive et ail, avec deux tomates à la croque au sel, et vu qu'il fait de nouveau assez doux pour un mois de novembre, après la sieste, je pars faire un tour de vélo en direction du Sidobre.

Sans casque, comme à mon habitude.

Me dirigeant vers la sortie d'Albi, arrivé au troisième carrefour, et au bout d'autant de feux rouges grillés, j'ai à peine le temps d'apercevoir la moto qui surgit derrière un camion arrêté à ma gauche, filant sur moi à toute allure.